PARIS BOMBARDÉ

PENDANT 20 JOURS

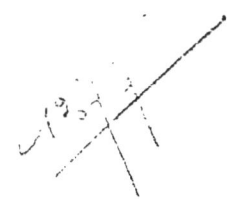

OUVRAGES DU MÊME AUTEUR

Manuel élémentaire de Topographie et de Lecture des cartes, par le lieutenant Fr. Husson du 28ᵉ régiment territorial d'infanterie, 44 fig. par l'auteur. . . . . 2 fr. »

Manuel de fortification passagère, de campagne et du champ de bataille, 60 fig. par l'auteur . . . . . . 3 fr. »
Ces deux ouvrages sont des publications de la Réunion des Officiers.

Nos Métiers à travers les âges. Curiosités de l'art de la construction et de diverses industries, depuis les temps préhistoriques jusqu'au XIXᵉ siècle. 1 vol. in-18 de 360 pages *(Ouvrage honoré de la souscription de la ville de Paris et de celles de 30 Chambres syndicales ; porté sur la liste officielle des Bibliothèques scolaires du département de Seine-et-Oise).* . . 3 fr. 50

L'Industrie devant les problèmes économiques et sociaux ; *Travail, Mutualité, Epargne.* 1 vol. in-18. *(Ouvrage honoré de la souscription de 30 Chambres syndicales et récompensé à l'Exposition universelle de 1889, section de l'économie sociale).* 3 fr. 50

Le Catéchisme du XIXᵉ siècle. Profession de foi d'un patriote français . . . . 1 fr. »

Histoires et Nouvelles. *L'Histoire d'Etienne. — Villefeux. — — La Soirée du Docteur. — Un Martyr de l'amour. — Les Déserteurs du Ciel.*

SOUS PRESSE :

Conférences historiques et patriotiques faites en Seine-et-Oise.

PUBLICATION DE LA SOCIÉTÉ D'ENCOURAGEMENT A L'INSTRUCTION
du département de Seine-et-Oise (Siège à Longjumeau).

1871

PARIS BOMBARDÉ

PENDANT 20 JOURS

Récits journaliers précédés et suivis de documents curieux

PAR

François HUSSON

EX-LIEUTENANT AU 83ᵉ BATAILLON DE LA GARDE NATIONALE
DE PARIS (1ᵉʳ CORPS D'ARMÉE).
EX-LIEUTENANT AU 28ᵉ RÉGIMENT TERRITORIAL D'INFANTERIE.

Deuxième édition considérablement augmentée.

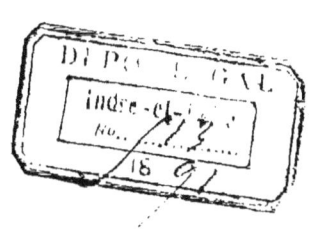

TOURS

IMPRIMERIE E. ARRAULT ET Cie
6, RUE DE LA PRÉFECTURE, 6

1891

A M. LÉON ROBELIN,

Président de la « Société d'encouragement à l'instruction,
pour le département de Seine-et-Oise ».

CHER PRÉSIDENT ET AMI,

Permettez-moi de vous dédier *Paris Bombardé*, œuvre écrite, en grande partie, sous le feu de l'ennemi, en des jours de deuil et de désastres incomparables pour la Patrie.

C'est grâce à vous que paraît aujourd'hui la seconde édition de ce livre. Vous avez pensé qu'il pouvait être offert, en récompense de leur travail, à de jeunes Français que protège et encourage la Société que vous dirigez si vaillamment et dont vous êtes le fondateur généreux. Je vous remercie de cet honneur et je m'en déclare très touché.

Croyez, je vous prie, cher Président et ami, à mon entier dévouement.

FR. HUSSON,

Membre de la Commission générale
d'Instruction et Conférencier de la
Société d'encouragement.

Juin 1891.

1

AU LECTEUR

Ceci n'est point un ouvrage militaire, mais le récit succinct d'événements divers. La scène représente Paris meurtri, ensanglanté, broyé sans dénonciation, sous les projectiles de barbares qui ne reculent devant rien pour effrayer et consterner la ville. Rien n'est sacré pour le Teuton ivre de victoires faciles ; il ne respecte même pas la croix de Genève qui lui indique les asiles des mutilés. Ses canons sont dirigés sur nos hôpitaux ; leurs feux les couvrent jusqu'au moment où on avise ce sauvage ennemi qu'il s'expose à tuer ses propres blessés. Alors, il change la direction de ses batteries : on trouvera plus loin les preuves de ce fait monstrueux, véritable défi jeté à la civilisation et à l'esprit moderne.

Cela s'est passé sous les yeux de l'auteur devenu, comme tant d'autres, de paisible bourgeois qu'il était, l'un des soldats improvisés de la capitale assaillie par l'étranger.

Que l'on ne cherche donc, dans ce livre, aucun détail stratégique ; ce serait peine perdue. On n'y trouvera que des faits relevés au jour le jour et les impressions d'un patriote. La publication de ces souvenirs rappellera aux uns ce qu'ils ont fait pour accomplir leur devoir ; elle obligera ceux qui n'étaient pas là à rendre justice à l'énergie, à l'esprit de solidarité et à la valeur de la population parisienne armée, que la passion politique calomnia si longtemps. Les défenseurs de Paris (en ne prenant pas l'exception pour la règle, comme certains l'ont fait de parti pris), supportèrent vaillamment les souffrances de toute nature qui leur étaient imposées par une guerre implacable ; ils subirent les tortures de la faim et de la misère sans murmurer. Ils versèrent leur sang pour la Patrie et protestèrent énergiquement contre une reddition prématurée. Ces divers titres les rendront respectables aux yeux de la postérité qui saura les juger de sang-froid et tenir compte de leur dévouement.

PARIS BOMBARDÉ

PENDANT VINGT JOURS

I

Avant-propos.

Modeste acteur de ce drame douloureux du siège de Paris, nous avons été, par conséquent, l'un des témoins de ce suprême effort de la Patrie déjà vaincue, de cette belle résistance dont quelques esprits chagrins, sinon malveillants, contestent encore la valeur patriotique. Il y a vingt ans, ceux qui outrageaient de la même façon les défenseurs de la capitale bloquée et bombardée par les Allemands avaient, pour la plupart, abandonné de très bonne heure les murailles de la grande ville. En février 1871, nous avons rencontré quantité de ces fuyards en Belgique ; ils étaient là bien paisibles, menant la vie la plus douce, se prélassant et digérant à l'aise, tandis que ceux de leurs compatriotes qui n'avaient pas déserté le poste d'honneur au moment du péril, ne commençaient qu'à grand'peine et à prix d'or à satisfaire la faim qui les tourmentait depuis de longs mois et à laquelle ils avaient jusque-là héroïquement imposé silence.

Les émigrés de la grande Révolution avaient une excuse : ils allaient combattre pour la défense des principes qui composaient leur foi. Mais les fuyards de 1870 ne pouvaient rien invoquer en leur faveur ; nous parlons des hommes valides bien entendu. Ils cherchaient à préserver leur santé précieuse de tout péril, sans se soucier de leur honneur; voilà tout. Plaignons-les, la Patrie ne fut qu'un vain mot pour eux !

Le peuple, qui trouve sans difficulté de sanglantes apostrophes pour flétrir l'absence de courage, a surnommé ces hommes pusillanimes les « *francs fileurs* ». Il s'est ainsi vengé à sa manière et a, en deux mots, cloué au pilori ceux qui, revenus après la guerre des provinces non envahies ou de l'étranger, s'empressèrent de le dénigrer, afin de paraître moins méprisables. Ils affectèrent de ne voir, dans ce peuple armé, que la tourbe des vagabonds et des ivrognes que forcément, toutes les grandes villes recèlent.

Nous n'avons rien à dissimuler; aussi conviendrons-nous sans peine que les défenseurs de Paris ont quelquefois failli. Devenus soldats du jour au lendemain, ils se devaient tout entiers à la discipline et à l'obéissance; ce devoir, nouveau pour la plupart d'entre eux, n'a pas toujours été rempli. Il faut leur reprocher davantage encore, tout en faisant la part du désœuvrement d'hommes voués à l'inaction, déshabitués des devoirs qu'exige la régularité dans l'existence. S'il faut applaudir à leur enthousiasme lorsqu'ils réclamaient à grands cris la guerre à outrance et rejetaient les propositions d'armistice au moment même où le pain leur manquait; si l'on doit admirer leur fermeté, leur constance et leur résignation, on doit aussi réprouver hautement leurs révoltes. L'histoire impartiale dira plus tard que la faiblesse de la direction imprimée à la défense de Paris, que le manque de confiance des chefs ont préparé les soulèvements à main armée qui ensanglantèrent le pavé de la ville. Ces soulèvements étaient, hélas! les préludes d'une épouvantable guerre civile; l'irritation d'une population dont les nerfs étaient prodigieusement surexcités par d'inconcevables lenteurs, d'impardonnables ou-

blis, de coupables négligences et le désespoir
de la défaite n'a t-elle pas été la cause première
de ces horreurs devant lesquelles les bons
Français détournent les yeux? Nous n'hésitons
pas à déclarer que c'est là notre conviction.
Nous ajouterons que nous avions prévu, ainsi
que beaucoup d'autres esprits, ces massacres
fratricides et ces incendies sans nom.

Il ne pouvait exister aucune communion
d'idées entre une population nerveuse, ardente,
consumée par le feu sacré du patriotisme, qui
ne demandait qu'à combattre et des chefs militaires, stratégistes prudents, aussi braves et
aussi patriotes qu'elle, sans doute, mais qui,
par métier, ne pouvaient voir, dans cette
masse pourvue d'armes, qu'un informe chaos,
qu'une multitude sans instruction de guerre,
sans discipline. Il eût fallu à ce peuple généreux,
plein d'ardeur et de passion, l'entraînement,
l'élan juvénile et l'éloquence martiale des im-
mortels généraux de la première République.
Ceux-là, aimés des Dieux, savaient vaincre
avec des soldats improvisés, le plus souvent
inférieurs en nombre à leurs ennemis. Tristes,
froids et mornes, ne se décidant à l'action
que sous les pressions populaires, tels ont été
les généraux auxquels la défense de la capitale
était confiée. Dans leur esprit, la partie était

d'avance perdue. Nous les avons suppliés, les mains jointes, de faire mieux que quelques sorties inutiles. Le sang du Parisien bouillait dans ses veines devant l'hésitation d'un gouvernement qui n'ordonnait les opérations de quelque valeur que pour contenter et satisfaire l'opinion publique. Pendant tout le siège, c'est à peine s'il engagea sérieusement les troupes une vingtaine de jours. Nous ne parlons bien entendu, ni des escarmouches, ni des opérations purement défensives. On trouvera, de tous les côtés, dans ce livre, des preuves de la tiédeur de nos gouvernants.

Un organisateur habile, énergique, pouvait-il tirer parti de ces Parisiens de bonne volonté en les instruisant dès les premiers jours de l'investissement et en en formant tout de suite des régiments soumis aux obligations militaires ? Un chef ardent et sage tout à la fois aurait-il pu composer, avec ces soldats inexpérimentés, quelque peu frondeurs, mais au bout du compte désireux de se distinguer, une armée véritable ? Enfin, aurait-on pu, en agissant sans trouble ni faiblesse, lutter avec avantage, vaincre même ? C'est à vous de répondre, ombres glorieuses de Jourdan, de Hoche, de Kellermann, de Marceau, de Kléber, vous qui possédiez ce qui ne s'apprend pas : la foi et l'enthousiasme, et qui, à la

1.

tête de conscrits affamés, vous précipitiez sur
les armées les plus aguerries du monde et
battiez les généraux les plus illustres, à la
grande stupéfaction des stratégistes! Et vous,
héros plus obscurs tombés pour la patrie à
Champigny, au Bourget, à Buzenval, qu'en
pensez-vous ?

Nous avons parlé des défaillances de la population armée pour la défense de Paris. Quant à
la part de gloire qui lui revient, nous nous
bornerons à rappeler les combats livrés sous les
murs de la capitale. Quel ne fut pas l'entrain
du peuple soldat dans les affaires où l'on voulut
bien l'employer ! Les fronts se découvrent au
seul nom de Buzenval !

Pour préparer les esprits à la capitulation qui
fut signée dix jours après ce sanglant combat,
on pesait depuis longtemps sur les esprits en
s'étendant sur l'habileté de l'ennemi, sur les
ingénieuses dispositions de son artillerie, enfin
sur les effrayantes proportions que prenaient
nos défaites ! Malgré tous ces sujets de déses-
pérance, les enfants de Paris, bourgeois et
artisans, confondus dans les rangs des compagnies de marche de la garde nationale, firent là
des prodiges d'héroïsme et de valeur et leur
retraite, qui plus est, ne les découragea même
pas !

Pendant les journées de tristesses et de deuils qui ont accablé la grande ville, nous avons vu succomber, autour de nous, non seulement les victimes de la guerre, mais encore des êtres nombreux appartenant à la partie la plus faible d'une population décimée par la misère et la faim, aussi bien que par les fatigues et les maladies quintuplées. Paris avait reçu, dans son enceinte, une population considérable, accourue des campagnes alors envahies qui l'entourent. Ces réfugiés mal nourris, dévorés d'inquiétudes, payèrent un large tribut à la mort. La petite vérole faisait alors de grands ravages ; elle atteignait les jeunes gens et les enfants; la Salpêtrière avait organisé un service spécial pour ces malheureux et Bicêtre, à lui seul, en contenait, en décembre 1870, huit mille cent soixante-seize (1). C'est au milieu de ces horreurs, sous le feu ennemi, à la lueur des incendies allumés par les nouveaux Vandales, que nous tenions, pour nous distraire de la faim et des tristes pensées, un journal des faits dont nous étions témoin, fixant ainsi nos souvenirs et préparant, à notre insu, des matériaux pour ce livre auquel nous ne pensions guère. C'est ce journal, écrit sans

(1) Voyez les pièces justificatives : *Notes de M. le docteur Legrand du Saulle.*

prétention, que nous allons mettre sous les yeux du lecteur.

Les lignes qui vont suivre sont donc la fidèle copie de notes prises au jour le jour par un officier de la garde nationale parisienne, dans le cours du mois de janvier 1871, époque de guerre sans pitié, pendant laquelle, nous pouvons le dire fièrement, l'abattement n'eut aucune prise sur nos volontés. L'armistice seul eut ce triste privilège.

Ceux qui nous dirigeaient ont assuré qu'ils ne pouvaient prolonger davantage la résistance, car si nous avions rompu, disaient-ils, « le cercle de fer qui nous entourait », nous serions morts de faim dans les campagnes. C'était là une assertion étrange : les vivres y étaient au contraire rassemblés à profusion. La capitale ne pouvait plus rien demander aux provinces depuis plus de quatre mois ; par ce fait, malgré l'arrêt forcé de la production, suite naturelle de l'invasion, et, quoique la consommation des Allemands fût énorme, des amoncellements de denrées existaient partout. Sortie de l'enceinte, l'armée parisienne combattait et vivait donc : elle s'est éteinte dans l'inaction, elle a été immobilisée dans la ville assiégée. La possibilité de franchir les lignes ennemies a été démontrée ; ceux qui conduisirent la défense de

Paris auront, de ce chef, un compte redoutable
à rendre à la postérité. Ce cercle de fer, pom-
peusement indiqué dans maintes de leurs proclamations, savez-vous ce qu'il était, Français
qui lisez ces lignes? Hélas, les généraux ennemis l'ont déclaré depuis : il y avait là *cent
quatre-vingt mille hommes* éparpillés sur une
circonférence de vingt lieues!........ Et nous
étions plus de trois cent mille dont les deux
tiers auraient certainement pu faire d'excellents
combattants !

Des relations militaires allemandes, il ressort que les assiégeants n'auraient jamais pu
résister à d'incessantes sorties, à de continuelles
alertes ; que les petits combats répétés étaient
ce qu'ils craignaient le plus. Ce système d'attaques sans relâche pour fatiguer, harceler,
inquiéter et démoraliser l'ennemi, les Parisiens
en réclamèrent la pratique jusqu'au dernier
moment ; il pouvait sauver la ville et peut-être
la France ; on refusa de les écouter.

II

Tableau des événements qui ont précédé l'investissement de Paris.

Du 19 juillet au 19 septembre 1870.

Avant de retracer les lugubres émotions des jours et des nuits du bombardement de Paris, nous ferons quelques pas en arrière et nous rappellerons très brièvement les étapes douloureuses qui ont précédé ce grave événement auquel personne ne voulait croire, même lorsque les Prussiens, campés sous les murs de la capitale, élevaient leurs nombreuses batteries, sans être pour ainsi dire inquiétés.

La guerre fut déclarée à la Prusse le 19 juillet 1870. Nous ne pouvons ici raconter les événements qui la précédèrent. Néanmoins, nous devons dire qu'après de longs pourparlers diplomatiques relatifs à l'occupation du trône d'Espagne pour laquelle la Prusse avait présenté un candidat, la France avait obtenu toute satisfaction. Il est vrai qu'un télégramme parti d'Ems annonça qu'une insulte avait été faite à l'ambassadeur de France par le roi de Prusse. Mais le fait était faux et ce télégramme n'était que le résultat d'une machination odieuse inventée par Bismarck qui entrevoyait la fondation de l'empire à travers la fumée des batailles (1).

Ce fut donc au nom d'une gloire bien inutile que fut décidée la lutte ; elle fut engagée avec une inconcevable légèreté, sans préparatifs sérieux (2). C'est ainsi que s'apprêta l'hécatombe humaine qui mit en deuil deux cent mille familles françaises. Mais il fallait obéir à la volonté d'un empereur vieilli, usé, qu'une femme dominait. Et puis, que seraient les Césars sans lauriers ?

Bientôt nos troupes remportaient un léger avantage à Sarrebrück. Mais, le 4 août, le général Douay était vaincu et tué à Wissembourg. Le 6, l'armée du maréchal Mac-Mahon était détruite : la frontière était découverte.

Ce fut alors seulement que les Parisiens crurent à l'invasion et que l'on se préoccupa

(1) Moritz Busch, *Notre Chancelier*, publication autorisée par le chancelier lui-même. Voyez aussi les pièces justificatives : *La rupture avec la Prusse.*
(2) Voyez les pièces justificatives : *Les préparatifs de la guerre.*

des travaux de défense de leur ville, la possibilité d'un siège étant établie. Le général de
Palikao fut mis à la tête du ministère de la
guerre; on travailla activement à l'appropria-
tion des fortifications de Paris et l'on rasa,
sans pitié, les maisons du dehors, trop rappro-
chées de la place.

L'avant-garde ennemie entrait en Champagne.
Au moment où ils envahissaient le territoire
national, voici ce que décrétèrent les généraux
commandant les armées prussiennes. C'est la
condamnation capitale de tout Français non
enrégimenté qui ose défendre son foyer, sa
mère, sa femme, ses enfants et la terre natale :

« *Toutes les personnes qui, ne faisant pas
partie de l'armée française et n'établissant pas
leur qualité de soldats par des signes extérieurs,
s'opposeraient à la marche des troupes allemandes, seront punies de mort.* »

Cet ordre atroce a été exécuté. Tous ceux qui
se permettaient de lutter contre l'invasion, s'ils
étaient pris, étaient passés par les armes. Ceci
n'est autre chose que l'assassinat organisé par
des meurtriers en uniforme (1).

Mais la barbarie victorieuse trouve toujours
des excuses; au besoin, elle s'en passe. « *La*

(1) Voyez les pièces justificatives : *Les massacres des défenseurs du pays.*

force prime le droit », a déclaré Bismarck.

Mac-Mahon reformait son armée à Châlons. Tout à coup, cette armée, à peine reconstituée, remonte vers le Nord pour donner la main à Bazaine qui s'était laissé bloquer dans Metz. Ce plan stratégique découvrait Paris.

Le 3 septembre, les journaux belges nous apportent une terrible nouvelle : la bataille de Sedan et la capitulation qui livre l'armée tout entière à l'ennemi nous sont connues ! Le lendemain 4, la République est proclamée, le gouvernement de la Défense nationale s'installe et désigne, pour son président, le général Trochu ; le célèbre pamphlétaire Rochefort sort de la prison de Sainte-Pélagie et vient siéger à ses côtés.

Le 15 septembre, l'ennemi occupait Juvisy ; le 18, le dernier réseau télégraphique qui reliait Paris aux départements (celui de l'Ouest), était coupé. Les Prussiens avaient été reconnus la veille à Choisy-le-Roi. L'investissement fut bientôt complet et la journée du 19 devint la première de ce siège mémorable de Paris.

Le célèbre défenseur de Sébastopol, général Totleben, avait, paraît-il, déclaré que Paris se rendrait aux Prussiens quarante-huit heures après leur arrivée ; M. Thiers, plus généreux, lui accordait huit jours de résistance, en ajou-

tant qu'il n'était point raisonnable d'exiger
davantage. Il est hors de doute que le général
Trochu et les officiers dont il était entouré
ne croyaient point à la possibilité d'une longue défense. Paris a cependant tenu plus de
quatre mois ; il voulait tenir encore ; ses
chefs militaires et civils en avaient autrement
décidé.

———

III

Evénements qui se sont produits après l'investissement.

Du 19 septembre au 31 octobre 1870.

Le 19 septembre au matin, le général Vinoy, très aimé depuis sa belle retraite qui avait sauvé un corps d'armée tout entier du désastre de Sedan, fit une reconnaissance entre Châtillon et Clamart. Il y rencontra l'ennemi caché dans le bois ; une lutte s'ensuivit. Mais, hélas! les opérations de la campagne avaient été si malheureuses que nos soldats, sur on ne sait quels indices, crurent à la trahison et se débandèrent à l'aile droite, abandonnant la redoute en terre à demi terminée de Châtillon, non sans en avoir encloué les huit pièces. Cet échec consterna Paris ; les habitants des arrondissements du Sud qui virent passer les fuyards, les maltraitèrent gravement.

C'est ici qu'il faut placer un épisode héroïque.

Non loin des localités où cette débandade venait d'avoir lieu, le 15ᵉ régiment de marche occupait le Plessis-Piquet. On l'oublia dans le mouvement de retraite ordonné. Entouré bientôt par les masses allemandes, ce régiment, composé de jeunes recrues commandées par le lieutenant-colonel Bonnet, ne faiblit pas un seul instant. Complètement isolé, écrasé par l'artillerie bavaroise, harcelé par des forces vingt fois supérieures, il tint bravement, élevant des barricades presque aussitôt renversées, les reconstruisant alors quelques mètres en arrière. Les munitions manquèrent; à ce moment le lieutenant-colonel envoya à l'aventure un officier pour demander « ce qu'il fallait faire », question héroïque dans la circonstance. Ce fut le général Ducrot qui donna l'ordre d'abandonner la position, ce qui se fit lentement et avec ordre. Ce fait d'armes épique resta presque inconnu, sinon des Allemands, étonnés de n'avoir eu, pendant de longues heures, qu'un débris de régiment de conscrits devant eux.

Le 23, le *Journal officiel* nous donna de longs détails sur deux entrevues de Jules Favre avec M. de Bismarck, au château de Ferrières.

Notre ministre, s'inspirant de la déclaration de Guillaume qu'il *ne faisait la guerre qu'à*

Napoléon et non aux Français, avait été proposer la paix en faisant observer que « la guerre était née du caprice d'un seul et que la nation était redevenue maîtresse de ses destinées. » A ces ouvertures, il fut répondu insolemment par Bismarck qui traita la population de Paris de « populace », réclama la Lorraine, l'Alsace, l'occupation du Mont-Valérien en cas de réunion d'une assemblée à Paris et demanda en outre que la garnison de Strasbourg se rendit prisonnière de guerre après la reddition de cette place qui ne tarderait pas.

Jules Favre, dévorant ses larmes, répondit à l'insolent Prussien : « Vous oubliez que vous parlez à un Français ; sacrifier une garnison héroïque qui fait notre admiration et celle du monde serait une lâcheté ; vous voulez qu'une assemblée délibère sous vos canons ; je ne vous promets pas de dire que vous m'avez posé de telles conditions. » Après d'autres pourparlers, diverses obligations aussi inacceptables ayant été proposées, Jules Favre prit congé en termes très élevés et très patriotiques du ministre de Guillaume. Il avait été le digne interprète de la nation (1).

Le 25, après un combat dans lequel notre

_____

(1) En même temps qu'elle établit la mauvaise foi germa-

artillerie de campagne joue le rôle principal, le général Maud'huy reprend Villejuif qui avait été abandonné après l'affaire de Châtillon. Ce léger avantage réconforta la population.

A ce moment, comme le remarque un célèbre écrivain (1), la physionomie de Paris était toute guerrière ; c'était un immense camp retranché qui ne renfermait plus que des soldats. Dans cette ville de folie et de luxe, les rires et les bruits joyeux d'autrefois étaient remplacés par les roulements du tambour, les commandements militaires et le bruit des armes (2). Ceux qui ont assisté à ce spectacle ne l'oublieront jamais. Les rues les plus larges, les places publiques, les cours spacieuses des grands hôtels servaient aux exercices. Depuis le matin jusqu'à la nuit, la garde nationale, dans son uniforme sévère, manœuvrait sans trêve. Celui qui écrit ces lignes voit encore passer devant ses yeux ces bataillons pleins d'entrain et de bonne volonté. Place du Louvre, les instructeurs étaient des voltigeurs de la garde ; un de

nique, la démarche pacifique de Jules Favre détruit l'accusation mille fois portée contre le gouvernement de la République qui, disait-on, voulait, à toute force et contre toute sagesse, prolonger quand même la résistance.

(1) M. Francisque Sarcey, *le Siège de Paris.*

(2) « La voix du canon a pris soudain, dans l'air, la place des refrains de la *Belle Hélène.* » (A. Silvestre, *le Soir.*)

leurs meilleurs élèves, très habile dans la ma-
nœuvre de la baïonnette, était un pharmacien
du quartier, âgé de plus de cinquante ans.
Partout, l'instruction était donnée par d'anciens
soldats auxquels on avait conféré tout de suite
des grades plus ou moins importants.

La garde nationale fit la police de la ville
pendant toute la durée du siège ; elle accomplit
ce devoir difficile et périlleux, surtout dans
les quartiers bombardés, avec un dévouement
remarquable. On lui confia la garde des remparts qui étaient divisés par des secteurs, commandés chacun par un général ou un amiral.
Elle était fortement pénétrée de l'idée du devoir, mais, dit avec raison M. Sarcey, cette garde
ne fut qu'une immense fatigue et la cause d'une
foule de maladies ; elle était inutile, car il fut
bientôt avéré que les Prussiens n'entreraient
pas dans la ville de vive force. On n'avait pas
raisonné ainsi tout d'abord ; on était convaincu
que l'ennemi agirait par surprise, qu'il tente-
rait de passer entre nos forts. Au milieu des
nuits profondes, il nous survint souvent des
alertes ; à ce souvenir, l'appel aux armes du
clairon nous poursuit encore. Tout le monde
accourait alors pour garnir la ligne de défense,
et celui qui parle ici se rappelle qu'il laissait
alors le sabre de l'officier pour s'emparer d'un

fusil. L'ennemi était posté à deux ou trois kilomètres de nous et ne se doutait guère d'un aussi bel élan !

Malgré l'inutilité de ce service, la garde des fortifications se continua pendant tout le siège. Ainsi que les Gaulois, leurs pères, qui plaisantaient en pleine bataille, les gardes nationaux, les pieds dans la neige glacée, l'estomac vide, sous les obus qui éclataient au-dessus de leurs têtes, trouvaient encore le mot facétieux : ils se traitaient eux mêmes d'*escargots de rempart !*

Le 7 octobre, le ballon *Armand-Barbès* s'élevait dans les airs. Il emportait Gambetta et Spuller qui allaient, non sans danger, rejoindre le gouvernement de Tours. Nous venions de recevoir de bien mauvaises nouvelles. Toul et Strasbourg étaient devenues la proie de l'ennemi !

Le 8, le général Martenot poussa une reconnaissance jusqu'à la Jonchère, en passant par Nanterre, Rueil et La Malmaison. En même temps et sur la droite, d'autres troupes engageaient une action dans les plaines de Gennevilliers avec les tirailleurs allemands, postés de l'autre côté de la Seine. L'ennemi se replia.

Ce jour-là éclata la première révolte du peuple parisien qui condamnait la mollesse des opérations militaires et réclamait à grands cris les élections municipales ajournées. La place de l'Hôtel-de-Ville fut envahie, mais bientôt l'ordre fut rétabli par la garde nationale. C'est alors que le ministre Jules Favre harangua la foule en faisant un éloquent appel à la conciliation. Au milieu du fracas de l'artillerie, il évoqua l'image sacrée de la France et s'écria ; « C'est la voix du canon qui nous dit où est le devoir. » La foule se dispersa, en apparence calmée.

Le 13 octobre, un mouvement offensif, ayant pour but une importante reconnaissance, est dirigé par le général Blanchard. Les mobiles de la Côte d'Or et de l'Aube enlèvent le village de Bagneux. Ces vaillants conscrits avaient à leur tête le comte de Dampierre qui fut mortellement atteint pendant le combat. Trois cents ennemis restés sur le terrain vengèrent sa mort glorieuse. Nous fîmes cent prisonniers et nos troupes rentrèrent dans leurs lignes.

Le 21, la première grande sortie des assiégés a enfin lieu dans la direction de Rueil, la Malmaison, la Jonchère et Buzenval, sous la direction du général Ducrot. Le général Berthaut, avec 3,500 hommes et vingt bouches à feu, devait opérer entre le chemin de fer de Saint-Germain et Rueil. Le général Noël, avec un

effectif moins nombreux et dix pièces, avait pour
objectif le parc de la Malmaison et le ravin de
Saint-Cucufa, pendant que le colonel Cholleton
avec 1,800 hommes et dix-huit canons prenait
position pour relier les deux colonnes. La réserve,
placée sous les ordres des généraux Martenot et
Paturel, était composée de 4,600 hommes avec
quarante-six pièces d'artillerie. Des diversions
devaient être opérées, pendant cette sortie, sur
les deux rives de la Seine.

Nos colonnes se portèrent vigoureusement en
avant; la gauche gravissait les pentes de la Jonchère, lorsqu'elle fut arrêtée par un feu terrible
de mousqueterie partant à la fois des bois et
des maisons habilement mis en état de défense.
Quatre compagnies de zouaves allaient être
tournées; elles furent dégagées par les mobiles
de Seine-et-Marne. Les francs-tireurs avaient
dépassé Buzenval lorsqu'on ordonna la retraite.
Nous avions perdu 443 hommes dans cette
affaire, connue sous le nom de combat de la
Jonchère, mais les pertes de l'ennemi étaient
plus considérables.

C'est à cette époque que nous reçûmes un
numéro déjà ancien du journal le Times, dans
lequel nous pûmes lire avec indignation l'apologie de la conduite des Prussiens et leur justification anticipée au point de vue du bombar-

dèment qui nous menaçait. En même temps, des journaux de province nous parvinrent; nous y trouvâmes des nouvelles consolantes : les relations de la belle défense de Châteaudun, du fait d'armes de Saint-Quentin, de l'explosion de la citadelle de Laon, que le génie fit sauter pour en dérober la possession à l'ennemi. Ces récits ranimaient nos espérances. Nous nous disions que Bazaine, renfermé dans Metz, avec l'élite de nos troupes, seconderait heureusement tant de généreux efforts.

Nous savions aussi, à la suite de hardis coups de main, ce qui se passait aux alentours de la place assiégée. C'est ainsi que nous apprîmes la mort héroïque de trois habitants de Bougival : Deberg, Martin et Cardon qui, le 26 octobre, furent fusillés par les Prussiens pour avoir, à diverses reprises, coupé les fils télégraphiques que l'ennemi avait établis. Interrogés au moment suprême et sur la demande qui leur fut faite : « s'ils recommenceraient, dans le cas où on leur ferait grâce de la vie », ils répondirent qu'ils recommenceraient, « parce que le devoir de tout bon Français était de nuire le plus possible à l'ennemi ».

Que nos enfants n'oublient ni les noms de ces braves, ni leur courageuse réponse !

Le 28 octobre, le journal *le Combat* annonce

la trahison du maréchal Bazaine et la reddition
de Metz. Personne ne veut croire à cette infamie;
des membres du gouvernement assurent, sur
l'honneur (de bonne foi, sans doute), que cette
nouvelle est fausse. L'inquiétude règne cependant dans les esprits; elle n'était que trop
fondée: Bazaine avait véritablement capitulé
la veille !

Les provisions s'épuisent ; des boucheries
municipales s'installent, de longues files de mé-
nagères stationnent devant leurs portes, le cheval
y est débité à raison de trente grammes par jour
et par habitant adulte. Bientôt tous les vivres,
sauf le pain, atteignent des prix excessifs. Les
privations commencent. Mais il ne faut qu'une
lueur d'espoir pour qu'elles soient subies avec
une sorte de fierté joyeuse. Par contre, le plus
léger désastre apporte la désolation et le découragement dans cette population frémissante
et mobile. C'est ce qui arriva pour l'affaire du
Bourget, peu importante au point de vue militaire, mais qui eut une portée morale considérable.

Le Bourget, petit village de 7 à 800 habitants,
à l'Est de Saint-Denis, avait été occupé dès le
20 septembre par l'armée prussienne. Le 28 octobre, les francs-tireurs de la Presse s'en em-
parèrent. Le gouvernement annonça « qu'on

avait élargi le cercle de fer qui nous entourait et forcé les Prussiens de reculer ».

Le même jour, et par trois fois, l'ennemi voulut reprendre ce village; mais, après une lutte acharnée de plus de six heures, il battit en retraite. Les grenadiers de la garde royale prussienne revinrent le soir; ils furent de nouveau chassés par nos mobiles. Pendant la nuit, le Bourget fut mis en état de défense; on y fit quelques travaux, malheureusement insuffisants; on barricada les rues et quelques maisons furent retranchées.

Le 29, la petite place subit un épouvantable bombardement. Quarante bouches à feu y envoyèrent plus de deux mille projectiles. Le 30, l'ennemi s'avança au nombre de 15,000 hommes, accompagné de quarante-huit canons. Le village n'était défendu que par 1,600 Français, bien persuadés qu'on allait les secourir. Par une circonstance inexplicable qui mit les Parisiens hors d'eux-mêmes, *on les abandonna!* Après avoir jeté dans le village quinze cents nouveaux obus et une grande quantité de boîtes à mitraille, les Prussiens marchèrent à l'assaut des ouvrages élevés à la hâte. Mais ils trouvèrent là, la plus forte des résistances; on se battit pied à pied avec le plus grand acharnement. Maison par maison, le Bourget fut défendu avec désespoir.

Après un combat sanglant qui dura trois heures, il n'y resta plus que 400 Français.

C'est là que fut tué le commandant Baroche, chef du 14ᵉ bataillon des mobiles de la Seine; son corps resta aux mains de l'ennemi.

Après cette lutte terrible, le Bourget fut évacué.

Ce malheureux événement remplit les Parisiens de fureur; ils accusèrent hautement le gouvernement d'avoir sacrifié les défenseurs du Bourget pour porter le découragement dans la ville, opinion qui était certainement outrée et dictée par la colère; les plus modérés soutenaient que l'incapacité seule nous conduisait. Ce qu'il y a de certain, c'est qu'il fut déclaré que la fatalité s'était mêlée de cet événement et qu'on avait oublié de donner les ordres nécessaires pour secourir la place. Cet oubli fut considéré, avec raison, à l'égal d'un crime.

Au milieu de l'agitation publique et de la douleur ressentie par cet abandon et ce désavantage, éclatait comme un coup de foudre la nouvelle, cette fois officielle, de la capitulation de Metz. Les malheurs s'accumulaient sur nos têtes; c'en était trop à la fois. Bazaine, l'indigne maréchal que la postérité vouera au plus profond mépris, avait livré à l'ennemi les meilleures troupes de France et, par sa mortelle trahison, avait porté le dernier coup à la patrie déjà si profondément blessée!

Après vingt ans écoulés, nous nous rappelons avec émotion ce jour néfaste. Au milieu des larmes et des sanglots qu'arrachaient à la population virile de Paris assiégé l'affreuse vérité, à travers les imprécations qui vouaient le traître à l'exécration publique, on entendit proclamer par des hommes dont le visage était décomposé par la fureur, la levée en masse et les élections communales, comme des remèdes souverains contre l'ennemi et les conspirations orléanistes que l'on croyait entrevoir.

Nous venons, à grands traits, de raconter fidèlement les prolégomènes de la journée du 31 octobre.

IV

Événements qui se sont produits après l'investissement de Paris (Suite).

Du 31 octobre 1870 au 1er janvier 1871.

Le 31 octobre, dès le matin, le rappel bat de tous les côtés. Les cris de : « A bas Trochu, pas d'armistice ! La levée en masse ! » se font entendre sur tous les points de Paris. Les bataillons de la garde nationale débouchent de toutes les issues, sur la place de l'Hôtel-de-Ville. L'immense majorité des citoyens en uniforme, mais sans armes, est pacifique ; elle ne veut qu'un changement de direction dans la marche des opérations militaires ; il s'agit, pour elle, d'une imposante manifestation, et voilà tout. Le gouvernement veut y répondre, mais ses efforts sont vains ; l'élément de désordre se déchaîne : un coup de feu éclate sous la voûte d'entrée du palais municipal et l'Hôtel de ville est envahi. Félix Pyat, le rédacteur en chef du *Combat*, qui, le premier, a annoncé la reddition de Metz, apparaît au-dessus des cent mille têtes de la multitude frémissante. Il entre dans le

palais, porté en triomphe par des bras inconnus ;
la foule se répand dans toutes les salles de
l'édifice. Delescluze, grand vieillard austère, à
la barbe blanche, harangue la foule du haut de
l'escalier de la cour de Louis XIV (1). On
réclame à grands cris la déchéance du gouvernement, il est déclaré traître à la patrie ; l'armistice est qualifié de crime et, pour la première
fois, le nom de Commune est hautement prononcé.

Les maires et les adjoints de Paris réunis
formulent alors la déclaration suivante qui est
aussitôt distribuée à l'intérieur du palais et
jetée au dehors par les fenêtres :

« *Pas d'armistice! Le citoyen Dorian, ministre
des travaux publics, est nommé président du
gouvernement provisoire de la Défense nationale.
Les élections auront lieu dans les vingt-quatre
heures.*

*Le gouvernement se compose de sept membres
dont les noms suivent : les citoyens* DORIAN, Louis
BLANC, Félix PYAT, Victor HUGO, BLANQUI, FLOU-
RENS, DELESCLUZE. »

Pendant ce temps, les membres du gouvernement s'étaient réunis dans la salle des séances ;
la foule en force les portes. Le désordre s'accroît ;

----

(1) Nous avons été témoin de ces événements.

aux invectives succèdent les menaces. Le général Trochu est insulté ; il reste calme, impassible. Cependant, quelques fusils, arrachés à la garde de l'hôtel, ont menacé sa poitrine.

Mais bientôt la scène change. Le 106ᵉ bataillon de la garde nationale pénètre en armes dans le palais, délivre le général et ses collègues et chasse les chefs de l'émeute. A deux heures du matin, le général Trochu passe en revue les gardes nationaux opposés au mouvement ; il en est assez chaleureusement acclamé.

La population, un instant entraînée, se recueillit ; elle vit qu'elle avait été sur le point d'aider au triomphe de quelques ambitieux et les abandonna. On avait été trop loin pour elle : elle ne voulait que la déposition de Trochu, l'adjonction de quelques personnalités énergiques au gouvernement de la défense nationale et le refus absolu d'un armistice qu'elle supposait être accompagné de conditions humiliantes ; elle n'obtint rien de tout cela et M. Thiers qui revenait de Saint-Pétersbourg, de Vienne et de Londres, put communiquer les offres de médiation que faisaient les puissances.

C'est ainsi que se termina, sans conflit sanglant, cette émouvante journée. La guerre civile fut écartée, du moins pour cette fois, et le gouvernement crut devoir, pour couvrir sa responsabilité, recourir à un plébiscite. Le revirement fut tellement complet que le jeudi, 3 novembre, 340,000 électeurs, sur 394,000 inscrits, légalisèrent sa situation en lui conservant la direction des affaires.

Fort de ce vote presque unanime, le gouvernement tenta alors de conclure un armistice. Mais la Prusse refusa le ravitaillement de Paris et n'accepta, dans une assemblée projetée de représentants, le vote de ceux de la Lorraine et de l'Alsace que sous toutes réserves. Les négociations furent rompues définitivement le 5 novembre, devant ces exigences. La lutte, apaisée pendant quelques jours, recommença plus vivement et les canons de nos forts inquiétèrent l'ennemi sans relâche.

Le 15 novembre, une dépêche consolante était apportée par l'un des pigeons voyageurs que l'Administration faisait journellement partir. Le général d'Aurelles de Paladines, après le glorieux combat de Coulmiers, venait de reprendre Orléans! Enfin, la province était levée; ses armées allaient nous délivrer; encore un effort et nous pourrions lui tendre la main. Telles étaient nos pensées; l'enthousiasme était à son comble; on s'embrassait dans les rues, c'était un vrai délire. Les noms de l'armée de la Loire et du général vainqueur étaient dans toutes les bouches; on analysait joyeusement celui d'Aurelles de Paladines qui, dans sa dernière partie, présentait à nos esprits avides d'espérance le mot « Paladin », gage certain de succès. Et l'un de nos poètes (1) s'écria :

. . . .
O Prussien, qui t'aveuglais,
Orléans est la ville fière
D'où Jeanne a chassé les Anglais !

Ah ! sans doute, forte et sereine,
Dans la nue, en armure d'or,
Avec nous la bonne Lorraine
Combattait cette fois encor !

Le 17, l'ennemi est débusqué de Champigny. Le 19, on annonce une nouvelle victoire et l'évacuation de Dijon par les Prussiens. On respire, le cœur se dilate joyeux : les compagnies de marche de la garde nationale composées de jeunes gens, de célibataires et de volontaires sont organisées ; elles pourront entrer prochainement en ligne. Il n'y a plus qu'à attendre, tout ira bien.

Les Parisiens n'ont guère d'argent ; ils en trouvent cependant quand même, pour souscrire à la fonte des nouveaux canons de 7 se chargeant par la culasse dont l'exécution (contre l'avis du comité d'artillerie), a été confiée à

(1) Th. de Banville, *Orléans*.

l'industrie privée, après bien des tergiversations qui ont causé mille rumeurs. Les théâtres, fermés depuis deux mois, sont rouverts; on y organise des représentations dont le produit est destiné à cette fabrication, le public y est convié par des circulaires dont le style emphatique se ressent des émotions du moment. Voici celle qu'imagina le 83° bataillon de la garde nationale, dont nous faisions partie :

CITOYENS ET CITOYENNES,

Depuis peu, dans l'intérêt de la défense nationale, quelques-uns de nos théâtres ont rouvert leurs portes ; le public y accourt en foule. La bienveillance du citoyen ministre Jules Simon et de notre municipalité nous permet de vous convier, à notre tour, dimanche prochain, à l'Odéon. Nous l'espérons fermement, vous répondrez à notre appel.

Chaque nation a ses mœurs. Pour nous, fils des Gaulois, qui allons au combat la joie dans le cœur, le sourire sur les lèvres, une représentation comme celle que nous organisons est la meilleure veillée des armes.

Une scène vigoureuse de Corneille, une strophe vengeresse, et entre deux chansons, un hymne patriotique nous prépareront mieux à nos grandes luttes. Peut-être aux accents si mâles de la *Marseillaise*, quelques larmes s'échapperont-elles de nos yeux ; ces larmes, laissons les couler ; elles se figeront, elles deviendront du bronze.

Vous connaissez assez nos artistes; habitués à les applaudir, vous allez les acclamer une fois de plus. Mais

3

il est une voix, voix démocratique, cri de délivrance,
qui ne pourra pas se faire encore entendre. Cette voix
est celle d'un chanteur qui pourtant est le héros de la
fête.

Il se réserve pour d'autres concerts, ce chanteur héroïque.

Son nom ?

Nous l'appellerons, si vous le voulez bien, le canon
du 83ᵉ.

Vive la Patrie, vive la République universelle!

Le 24 novembre, la Garde nationale reçut le
baptême du feu à Bondy. Le rapport officiel de
cette journée s'exprime ainsi : « *L'entrain du
72ᵉ bataillon a été tel qu'il a franchi les barricades
de Bondy et refoulé l'ennemi d'arbre en arbre, sur
la route de Metz et le long du canal de l'Ourcq. Il
n'a eu que quatre blessés.* »

Le 25, les boucheries municipales commencent à distribuer des viandes salées.

Le 26, le gouverneur de Paris annonce qu'à
partir du dimanche matin, les portes de la ville
seront fermées jusqu'à nouvel ordre. De pareils
avis, renouvelés depuis, indiquaient la prépa-
ration d'une action imminente. Les Parisiens
ne trouvaient rien de plus maladroit que ces
avertissements, car, disaient-ils, « il est bien
avéré que les Prussiens ont des intelligences
dans la ville et qu'ils communiquent, au moyen
de signaux de nuit, avec les espions qui sont

au milieu de nous. L'ennemi se prépare donc aussi de son côté, puisqu'on a l'obligeance de lui faire savoir qu'on se propose d'aller le trouver. »

Le 28, trois proclamations sont affichées dans tout Paris. Le général Trochu disait : « *Après tant de sang versé, le sang va couler de nouveau..... Marchons en avant pour la Patrie !* » Le général Ducrot, dans un langage énergique qui enflamma la population tout entière, parlait ainsi à ses soldats de la lutte qui était sur le point de s'engager :

Le moment est venu de rompre le cercle de fer qui nous enserre depuis si longtemps et menace de nous étouffer dans une lente et douloureuse agonie !... Courage donc et confiance ! Songez que dans cette lutte suprême, nous combattrons pour notre honneur, pour notre liberté, pour le salut de notre chère et malheureuse patrie, et si ce mobile n'est pas suffisant pour enflammer vos cœurs, pensez à vos champs dévastés, à vos familles ruinées, à vos sœurs, à vos femmes, à vos mères désolées ! Puisse cette pensée vous faire partager la soif de vengeance, la sourde rage qui m'animent, et vous inspirer le mépris du danger.

Pour moi, j'y suis bien résolu, j'en fais le serment devant vous, devant la nation tout entière : Je ne rentrerai dans Paris que mort ou victorieux ; vous pourrez me voir tomber, mais vous ne me verrez pas reculer. Alors ne vous arrêtez pas, mais vengez-moi.

En avant donc ! en avant, et que Dieu nous protège.

Le 29, vers une heure, le canon des forts commence à tonner; à deux heures les feux de notre artillerie sont dans toute leur intensité. Deux attaques ont lieu sur la Gare aux bœufs de Choisy et sur l'Hay. La première opération, confiée au contre-amiral Pothuau, réussit parfaitement. La position est enlevée par les 106ᵉ et 116ᵉ bataillons de la Garde nationale et les fusiliers-marins. Le village de l'Hay est vaillamment attaqué et pris par la ligne et les mobiles du Finistère, mais il est abandonné bientôt devant les réserves prussiennes que la redoute des Hautes-Bruyères couvre et écrase cependant de ses feux. Les chaloupes canonnières placées en avant du Port-à-l'Anglais, les batteries de Vitry, des pièces de gros calibre montées sur des wagons blindés, le Moulin-Saquet et le fort de Charenton dirigent leurs projectiles sur l'ennemi, et lui font éprouver des pertes sérieuses.

Pendant cette double attaque qui n'était qu'une diversion, le général Ducrot, qui devait passer la Marne, se trouva en présence d'une crue subite des eaux; il lui fallut rester en place, de façon que le succès obtenu du côté de l'Hay et les sacrifices accomplis devinrent inutiles.

Enfin l'armée parisienne passa la rivière

le 30, sur des ponts de bateaux. Le gouverneur de Paris était à la tête des troupes. « L'action, dit le rapport officiel, s'engage sur un
vaste périmètre, soutenue par les forts et les
batteries de position qui, depuis hier, écrasent
l'ennemi de leurs feux. » A quatre heures, une
dépêche annonça que la droite gardait les positions qu'elle avait brillamment conquises ;
que la gauche, après avoir un peu fléchi, avait
tenu ferme ; enfin que l'ennemi, dont les pertes
étaient considérables, avait été obligé de se
retirer en arrière des crêtes. « *Si l'on avait dit
il y a un mois,* ajoute le gouverneur de Paris,
*qu'une armée se formerait à Paris, capable de
passer une rivière difficile en face de l'ennemi,
de pousser devant elle l'armée prussienne retran-
chée sur des hauteurs, personne n'en aurait rien
cru* »..... Une division du général d'Exea ayant
passé la Marne, l'offensive fut reprise et nous
couchâmes sur nos positions.

D'un autre côté, nos troupes s'étaient avancées dans la plaine d'Aubervilliers ; elles occupaient le Drancy, et continuaient leurs opérations jusqu'à Groslay, mais l'ennemi ne sortait
pas de ses positions. La brigade du général
Henrion s'emparait du village retranché
d'Epinay.

Partout, nos jeunes soldats avaient été intrépides, pleins de sang-froid. Ils couchaient sur les terrains conquis de Bry et de Champigny. La victoire semblait sûre, indiscutable.

Le lendemain 1er décembre, l'artillerie seule, placée sur le plateau d'Avron, continua le combat. Le 2, l'ennemi, dès le matin, attaqua les positions du général Ducrot avec la plus grande violence. Les forts et les redoutes l'empêchèrent de gagner du terrain. A 5 heures 30 minutes du soir, le général Trochu résumait ainsi la journée, dans les dépêches écrites sur le champ de bataille même :

NOGENT. — Cette deuxième grande bataille est beaucoup plus décisive que la précédente. L'ennemi nous a attaqué avec des réserves et des troupes fraîches. Nous ne pouvions lui offrir que des adversaires de l'avant-veille, fatigués, avec un matériel incomplet, et glacés par des nuits d'hiver qu'ils ont passé sans couvertures ; car, pour nous alléger, nous avions dû les laisser à Paris. Mais l'étonnante ardeur des troupes a suppléé à tout. Nous avons combattu trois heures pour conserver nos positions, et cinq heures pour enlever celles de l'ennemi, où nous couchons... Au milieu des épreuves de toutes sortes, les troupes de la République ont bien mérité du pays..... Beaucoup ne reverront pas leurs foyers ; mais ces morts regrettés ont fait à la jeune République de 1870 une page glorieuse dans l'histoire militaire du pays.....

Le 3, l'armée repassa la Marne et vint bivaquer dans le bois de Vincennes.

La bataille de Champigny était une victoire considérable ; elle coûta plus de quinze mille hommes aux Prussiens. Mais à quoi aboutissait-elle ? à la retraite ordonnée par le général Ducrot qui expliquait, le 4, qu'il avait fait repasser la Marne à ses soldats pour ne pas les engager dans une lutte meurtrière et inutile. Un sang précieux avait abondamment coulé ; les généraux Renault et Ladreit de Lacharrière, le colonel de Grancey (des mobiles de la Côte-d'Or), le commandant Franchetti (des éclaireurs de la Seine) et mille huit autres braves dont cent soixante-douze officiers, avaient succombé. Que de pertes irréparables, hélas ! et quel avantage stérile !. .

Le 2, avait eu lieu le départ du ballon le *Volta*, emportant à son bord M. Janssen, membre de l'Institut, chargé de l'observation d'une éclipse invisible à Paris. La postérité n'acclamera-t-elle pas la capitale qui, malgré la préoccupation du moment, n'oubliait point les intérêts de la science ?

C'est ainsi que Paris envoyait l'un de ses savants explorer les cieux. Presque au même instant, l'un de ses poètes préférés écrivait ces vers superbes (1) :

(1) Th. de Banville, *le Mourant*, pièce publiée en no-

LE SOLDAT

Une douce lèvre fleurie
Sans doute eût béni ton retour !

UN MOBILE, *mourant*

Ma fiancée est la Patrie !
Qu'elle ait mon dernier cri d'amour !

LE SOLDAT

Et plus tard, dans ta maison close,
Des enfants, beaux comme des lis,
T'auraient tendu leur bouche rose.

LE MOBILE

Ceux-là qui vaincront sont mes fils !
Que l'azur sur leur tête brille !
On n'a ni maison ni famille,
Sous le talon de l'étranger.

LE SOLDAT

Et ta mère, au front angélique ?

LE MOBILE

Orpheline, par mon trépas,
Je la lègue à la République.
Va donc, et ne me pleure pas.

LE SOLDAT

Je ne pleure plus, je t'envie !
Exhale en paix d'un cœur fervent
Le dernier souffle de ta vie !

LE MOBILE

Le clairon t'appelle. En avant !

vembre 1870. Nous ne donnons qu'un extrait de cette belle
poésie.

Le 5, le commandant Poulizac, des éclaireurs volontaires de la Seine, enlève trois postes ennemis sur le chemin de fer de Soissons, près d'Aulnay.

Le 6, le gouverneur de Paris reçut une dépêche du général de Moltke, lui annonçant la défaite de l'armée de la Loire ainsi que la réoccupation d'Orléans par les Allemands, et lui offrant de faire vérifier ces faits par un officier porteur d'un sauf-conduit, ce que le général Trochu refusa, dans une lettre très digne.

Le *Daguerre*, ballon-poste, étant tombé au pouvoir des Prussiens, ceux-ci fabriquent, en français fortement germanisé, deux dépêches que nous apportent, le 10, deux pigeons rentrant dans leur colombier. Datées de Rouen et signées de M. Lavertujon, secrétaire du gouvernement qui n'avait pas quitté Paris, ces lettres nous dépeignaient la situation extérieure sous les couleurs les plus sombres : l'ennemi acclamé par les paysans, nos armées détruites, partout des fuyards, le pillage et le brigandage florissant. La seconde de ces dépêches se terminait ainsi : « *Faites bien que les Parisiens sachent que Paris n'est pas la France. Peuple veut dire son mot.* »

Cette malice cousue de fil blanc eut le succès

3.

d'hilarité qu'elle méritait et l'un de nos écrivains s'écria :

> En vérité, le plus pigeon
> Des trois n'est pas celui qu'on pense.

Les 11 et 14 décembre, des dépêches du gouvernement de Tours parvenaient à Paris. Le
ministre de la guerre Gambetta nous y appre-
nait l'évacuation d'Orléans, mais donnait de
bonnes nouvelles des armées de province qui,
dit-il, « *sont loin d'être anéanties comme le pré-
tendent les Prussiens* ».

Puis il ajoutait :

Le mouvement de retraite des Prussiens s'est accen-
tué. Ils paraissent las de la guerre. Si nous pouvons
durer, et nous le pouvons, si nous le voulons énergiquement, nous triompherons d'eux. Ils ont déjà éprouvé
des pertes énormes, suivant des rapports certains qui
m'ont été faits ; ils se ravitaillent difficilement. Mais il
faut se résigner aux suprêmes sacrifices, ne pas se la-
menter, et lutter jusqu'à la mort.

Ces paroles relevèrent encore une fois les
esprits.

Le 18 au soir, on afficha l'avis qu'à partir
du lendemain matin, les portes de la ville
seraient fermées. C'était le signal d'une action
prochaine, ardemment souhaitée.

Le 20, on lisait un rapport ainsi conçu :

Le gouverneur est parti ce soir pour se mettre à la
tête de l'armée, des opérations importantes devant commencer demain 21 décembre au point du jour. Tous les
mouvements de troupes se sont exécutés avec la plus
grande régularité, et, à l'heure qu'il est, il y a plus de
cent bataillons de la garde nationale mobilisée en
dehors de Paris.

L'attaque du 21 avait pour objectif le Bourget ;
elle fut précédée et soutenue par de puissantes
diversions. Sur la droite, le général Vinoy occupait Neuilly-sur-Marne, la Maison-Blanche,
Ville-Evrard, où le général Blaise fut tué. Le
mont Valérien faisait une démonstration sur
Montretout et Buzenval. Le chef de bataillon
Faure, de l'arme du génie, s'emparait de l'Ile
du Chiard.

Dès le matin, les troupes de l'amiral de la
Roncière attaquent le Bourget ; elles pénètrent
bientôt dans ce village, mais ne peuvent s'y
maintenir. L'artillerie du général Ducrot engage alors une action très violente contre des
batteries installées à Pont-Iblon et à Blanc-Mes-
nil. Il occupe le soir Groslay et le Drancy. Mais
l'action principale était manquée, et le Bourget,
mis en état de défense par les Prussiens, qui
l'avaient fortement barricadé et crénelé, ne put

être repris par nos braves soldats qui luttèrent
pendant trois heures sous une grêle de balles
partant des fenêtres, des caves et des combles
des maisons. La retraite se fit avec calme. Le
lendemain, le gouvernement fit connaître que
la journée du 21 n'était que le commencement
d'une série d'opérations importantes ; qu'elle
établissait deux points principaux : l'excellente
tenue de nos bataillons de marche engagés pour
la première fois, et la supériorité de notre nouvelle artillerie.

Dès le 22, l'hiver se déchaîna : les grands
froids et la neige apparurent. Il gelait sans interruption ; en pleine campagne, la nuit, le
thermomètre atteignait jusqu'à vingt-deux
degrés. De nombreux soldats étaient rapportés
gelés aux ambulances. Les éléments s'achar-
naient contre nous. Depuis vingt ans, on n'avait
pas vu un hiver aussi rigoureux.

Le 25, jour de Noël, ceux qui tenaient à la
tradition firent réveillon. Chez les restaurants
en vogue, quelques privilégiés, ayant la bourse
garnie, purent savourer du rat en salmis de
bécasses, des saucisses fabriquées avec la chair
de cet animal, du boudin de cheval et des
terrines de souris, le tout apparaissant sur les
tables sous d'honnêtes pseudonymes (1).

(1) Quant à la famille de l'auteur, elle ne mangea rien du

Le 27 décembre, centième journée du siège, Paris se réveilla au bruit des canons prussiens engageant un feu violent contre nos positions de l'Est. Douze batteries ennemies, dont trois au Raincy, trois à Gagny, trois à Noisy-le-Grand, et trois au pont de Gournay, étaient démasquées. C'était le prélude du bombardement de nos forts. Nous eûmes, ce jour-là, cinquante blessés et huit tués ; quatre de ces derniers étaient des officiers et sous-officiers de mobiles du VI⁰ arrondissement de Paris.

Le 28, de nouveaux feux appuyèrent ceux de la veille. Le plateau d'Avron, occupé par nos soldats qui n'avaient d'autre abri que les tranchées, fut littéralement couvert de mitraille et d'obus du poids de chacun 100 kilogrammes ; six mille projectiles, envoyés par huit batteries d'ensemble soixante-seize fortes pièces de siège, éclatèrent sur cet espace restreint. La position était intenable ; aux soixante-quinze pièces d'artillerie qui la défendaient, s'attelèrent des marins. Les canons furent ainsi ramenés pendant la nuit, par des chemins couverts de glace que balayaient les obus, et le plateau fut complètement évacué.

Le 29, le feu continue sur les forts de l'Est.

tout, les distributeurs municipaux ayant épuisé leurs vivres lorsque son tour arriva. Elle ne fut pas la seule.

Le 30, les projectiles s'adressent surtout au fort de Nogent qui est bombardé de huit heures du matin à quatre heures et demie du soir, sans interruption.

Le général Trochu adresse au peuple de Paris et à l'armée une proclamation dans laquelle il proteste contre les bruits qui circulent au sujet de l'inaction des troupes ; il y déclare que : « Les membres du gouvernement sont plus unis que jamais en face des angoisses et des périls du pays, dans la pensée et l'espoir de sa délivrance. »

Le 31, les batteries ennemies sont installées en plus grand nombre encore. Leurs projectiles atteignent le Drancy, Groslay, Bobigny et Bondy. Rosny, Nogent et Noisy sont bombardés sans relâche. Du 27 au 31 décembre, nos forts reçoivent vingt-cinq mille projectiles pesant, en moyenne, cinquante kilogrammes.

Le 1er janvier 1871, Paris, bravant ses misères et l'éventualité redoutable du bombardement de l'intérieur de la ville, fêta le jour de l'an. Que l'on nous permette de citer un fait personnel, de peu d'importance, il est vrai, mais qui indique le degré de privations auquel les habitants de la capitale étaient arrivés. Le matin de ce jour-là, nous allâmes offrir à l'un de nos supérieurs en grade, avec les vœux habituels, deux pommes de terre religieusement conservées pour cette occasion et enveloppées dans le soyeux papier à oranges traditionnel. Ce cadeau remarquable fut très apprécié ; un petit sac doré, contenant un demi décilitre de haricots, nous fut remis en échange. Il faut se rappeler qu'à cet instant le décalitre de pommes de terre valait vingt-cinq francs, prix à peu près fictif, ces tubercules étant pour ainsi dire introuvables. Le pain était rationné à raison de 300 grammes par tête d'adulte ; c'était un affreux mélange dont nos chiens affamés ne voulurent souvent pas. Quant à la viande, elle devenait de plus en plus rare. Depuis longtemps, on ne mangeait plus que du cheval que l'on appelait gaiement du *bœuf de cavalerie* ; 30 grammes par adulte, telle en était la ration. C'était à peu de chose près la famine ; elle faisait son œuvre, de concert avec d'autres fléaux : Décembre 1870 a compté 12,885 morts au lieu de 5,000, moyenne ordinaire des décès de la ville ; janvier 1871 a été plus terrible encore. Pendant ce dernier mois, 19,233 habitants de Paris ont succombé par suite de longues privations, du froid et des maladies.

Lequel d'entre nous ne se rappelle le courage, l'héroïsme que déploya la femme de Paris, dans ces jours funestes ? Sous la grêle d'obus

qui criblait nos maisons de la rive gauche (1),
elle allait tous les jours stationner, pendant
des périodes de plusieurs heures, devant les
boutiques où les délégués aux distributions
municipales s'étaient installés. En silence, les
pieds dans la neige, elle attendait bravement
son tour, ne pensant guère à déserter son
poste. Au-dessus de sa tête, passaient inces-
samment, avec des bruits de déchirements et
de fusée, les lourds projectiles; ils mutilaient
les façades et portaient la mort autour d'elle.
Elle allait cependant rapporter au logis une
bien maigre pitance. C'était souvent, à défaut
d'autres vivres, une tête de hareng salé, une ta-
blette de chocolat. Qui ne les voit encore, à travers les brouillards de ces sombres journées,
ces pauvres femmes? Le poète a décrit, leur
calme, leur énergie : Il les a vues aussi lui :

Elles acceptent tout, les femmes de Paris,
Leur âtre éteint, leurs pieds par le verglas meurtris,
Au seuil noir des bouchers, les attentes nocturnes,
La neige et l'ouragan, vidant leurs froides urnes,
La famine, l'horreur, le combat, sans rien voir
Que la grande patrie et le grand devoir ;
Et Juvénal, au fond de l'ombre, est content d'elles (2)....

(1) Nous habitions le VIe arrondissement, rue des Missions,
l'un des quartiers les plus exposés. Les maigres rations dont
nous allons parler ont été remises à la femme de l'auteur.
(2) Victor Hugo, *l'Année terrible.*

Un journaliste écrivit à ce sujet :

Elle n'admet pas la peur, la Parisienne, car elle a fait ses preuves et elle a confiance en elle-même. De quoi ne rirait-elle pas ? Que n'a-t-elle pas bravé et de quoi n'a-t-elle pas pu rire ? Les obus ? Elle les connaît, et d'ailleurs, elle si adroite et si mignonne, comment ces gros vilains morceaux de fonte auraient-ils l'esprit de la rencontrer ? La famine ? Elle peut raconter les plats qu'elle a inventés, comment elle faisait quelque chose avec rien, et les dîners qu'elle donnait au temps où on ne dînait plus. La mort ? Elle l'a vue en face, et sur ses doigts, on trouverait encore la marque des durillons qu'elle gagna en faisant de la charpie. Et si elle n'a pas peur pour elle-même, elle est de trop bon sang pour avoir peur, même pour ceux qu'elle aime ! Son cœur a beau crier, elle lui impose silence. Elle renfonce ses larmes, trouve un sourire. Elle dit à son mari : « Va te battre » ; dans un baiser, elle dit à son fils : « Tu sais que, s'il t'arrivait malheur, tout est prêt ici. » Au besoin, elle trouve quelqu'un de ces mots qu'on prête aux Lacédémoniennes. Quand tout fut fini, elle aurait dit, au besoin, comme une femme que j'ai entendue le jour de l'armistice : « Oh ! les lâches ; ils ont des fusils et ils ne sont pas morts !

Nous ajoutons, à ces lignes pleines de vérité, qu'un certain nombre de Parisiennes combattirent dans les rangs de la garde nationale. Plusieurs d'entre elles se sont distinguées d'une manière toute particulière ; la postérité ne les oubliera pas (1).

(1) Nous avons raconté leurs hauts faits dans notre confé-

Le grand historien Louis Blanc écrivait, le 1er janvier même, les lignes qui suivent ; dans un magnifique langage, écho de la voix de Paris, il faisait entrevoir quelles seraient les tortures, les hontes d'une capitulation si, par malheur, la famine nous obligeait à la subir.

A VICTOR HUGO

Mon cher ami,

J'ai souvent senti mon esprit se réchauffer à la flamme du vôtre, et dans les battements de votre cœur, j'ai toujours reconnu les battements du mien. C'est pourquoi je vous adresse les remarques que la situation me suggère. Et je vous les adresse publiquement, parce qu'aujourd'hui, aujourd'hui surtout, il est commandé à quiconque pense avoir quelque chose d'utile à dire, de le dire bien haut.

Je ne sais si tout le monde a été frappé de cette idée, cependant très simple, que pour Paris l'héroïsme, qui était il y a deux mois un noble entraînement, est désormais devenu, à quelque point de vue qu'on se place, une nécessité. Un grand effort, soutenu, décisif, voilà ce que la sagesse, même la plus vulgaire, réclame aussi impérieusement que le courage le plus exalté ; voilà ce qui répond aux exigences de l'intérêt personnel autant qu'à celles de l'honneur.

Lorsque, après le désastre de Sedan, si horriblement

rence intitulée *les Françaises héroïques*, faisant partie de l'ouvrage intitulé *Conférences patriotiques*, etc.

complété par la capitulation du maréchal Bazaine, la province, à travers l'obscurité qui nous environne, apparaissait troublée, paralysée, livrée au fatalisme du désespoir, et se cherchant pour ainsi dire sans se trouver, on conçoit que l'idée de la paix ait pu s'associer, dans des âmes sans ressort, à celle de Paris dompté. Paris dompté c'était, si la province fût restée immobile, la guerre finie. La France en serait morte, attendu que la honte, qui ne fait que flétrir les individus, tue les peuples ; mais enfin ceux-là — s'il en existe de tels — auraient eu la paix en perspective, eux pour qui l'humiliation de la patrie n'est pas le dernier des malheurs.

Aujourd'hui, rien de semblable. Le cri *Aux Armes !* poussé d'un bout du pays à l'autre avec l'irrésistible accent des époques héroïques ; chaque citadin transformé en soldat ; le fusil remplaçant la bêche dans la main du paysan furieux ; le tocsin de la guerre sainte faisant comme jaillir du sol de cette France, grand « nid de guerriers », des armées puissantes par le nombre, par l'organisation, par les engins de mort, par le patriotisme en ébullition, la victoire enfin ressaisie par des recrues, tout cela dit assez que, si Paris succombait, sa chute n'amènerait nullement la fin de la guerre. Cessant de combattre pour dégager Paris, la France continuerait de combattre pour le relever et le venger.

Donc, loin de marquer la fin de nos souffrances matérielles, une capitulation en serait l'effroyable couronnement. Une fois dans nos murs, les Prussiens voudraient-ils, pourraient-ils nous en laisser sortir ? La défense nationale aurait trop à y gagner ; l'invasion trop à y perdre. Nous serions plus étroitement prisonniers que nous ne le sommes. Ce qui d'un poids étouffant pèserait alors sur notre liberté, ce serait quelque chose de bien autrement terrible que la difficulté de percer les

lignes prussiennes, ce serait l'insolence prussienne. Au
lieu d'avoir autour de nous des ennemis, nous aurions
devant nous des geôliers ; au-dessus de nous, des
maîtres. La barrière inhumaine, odieuse, mais quelquefois franchie, qui aujourd'hui nous sépare des chers
absents, serait devenue absolument infranchissable.
Plus de ballons ! Plus de pigeons ! Plus de lueurs passa-
gères traversant l'ombre affreuse où nous sommes en ce
moment plongés ! Ce serait la nuit, la nuit noire, une
nuit de l'enfer ! .

Et ce serait la faim, aussi ! Qu'on ne parle pas de
l'intérêt que les Prussiens auraient à nourrir la capitale
condamnée au dégradant supplice de leur devoir son
pain : pourraient-ils pourvoir, au moins d'une façon ré-
gulière et permanente, à la subsistance de l'énorme
population de Paris, ayant à pourvoir à leur propre subsistance, au milieu d'un pays ravagé, et, — dans l'hypo-
thèse de la guerre se continuant, se développant, —
traversé au nord, au sud, à l'est, à l'ouest, par des
armées sans cesse en mouvement qui occuperaient les
routes et intercepteraient les convois, à moins que la
défense nationale ne renonçât à couper les vivres aux
dominateurs de Paris, seul moyen de les en chasser,
puisque Paris rendu imprenable se trouverait imprenable
à leur profit dès qu'ils y seraient ? On frissonne quand
on songe aux scènes de délire que deux jours, rien que
deux jours de retard dans l'arrivée des vivres, pourraient
enfanter au sein d'une ville de deux millions d'âmes
occupée par l'ennemi, prisonnière et affamée ! Être es-
clave d'un vainqueur farouche, être complètement
retranché du monde, se traîner dans les ténèbres jusqu'à la mort par l'égorgement ou par la faim, telle est la
situation sans exemple que la reddition de Paris mena-
cerait de réaliser dans tout ce qu'elle contient d'effroi

et d'angoisses, dans toute son inexprimable horreur.

A qui dirait : « Cela ne sera point », je réponds : « En êtes-vous bien sûr ? » Et j'ajoute : « Il suffit que cela soit possible pour que la nécessité de briser, coûte que coûte, le cercle qui nous étreint soit démontrée, non seulement comme affaire d'honneur, mais comme affaire de haute prudence. Non, depuis que la France est debout, depuis que, tirant l'épée, elle en a jeté au loin le fourreau, il n'y a plus pour les habitants de Paris deux dénouements à mettre en balance : le dénouement que la sagesse conseille, que la nécessité commande, c'est le dénouement héroïque. »

Et d'où nous viendrait le droit de trouver chimérique l'espoir du salut par la victoire ? Est-il une intelligence si obscure, est-il un cœur si timide que ne puissent raffermir et convaincre les merveilles opérées depuis deux mois dans Paris ? En quel lieu du monde, à quelle époque vit-on une ville prise au dépourvu, cernée, isolée du reste de la terre, improviser tant de moyens de défense et d'attaque, tirer d'une foule une armée, répondre à l'appel de chaque besoin nouveau par une invention nouvelle, arracher coup sur coup à la nature mille secrets libérateurs, créer par les mains de l'industrie privée des centaines de canons d'une excellence reconnue et d'une portée formidable, obtenir d'une seule usine jusqu'à deux mille obus par jour, mettre tous les éléments à profit pour sa conservation, et devenir du jour au lendemain un vaste champ de manœuvres, une immense fabrique d'armes, une pépinière de soldats ?

« A supposer que nous pussions avoir assez de canons », me disait, il y a deux mois, un personnage considérable, « comment avoir assez d'affûts ; et, si nous avions assez d'affûts, comment avoir assez d'attelages ;

et, si nous avions assez d'attelages, comment avoir assez
de canonniers ? » Eh bien ! canons, affûts, attelages, canonniers, Paris a tout créé, tout trouvé, tout donné.
Et lorsque, pour rentrer en communication avec la
France, avec le monde, elle a, cette ville sans égale,
une artillerie puissante et cinq cent mille vaillantes
mains tenant un fusil, son lot serait d'attendre à l'abri
de ses remparts que la famine vînt nous prendre à la
gorge !

A ce compte, nos généraux seraient des personnages
parfaitement inutiles. Quel besoin aurions-nous de leur
savoir militaire, et de quoi nous servirait même leur
génie si nous devions nous borner, sous leurs ordres, à
épier sur le cadran l'heure de la soumission ? Le succès
est à notre portée ; seulement, pour l'atteindre, la première condition est d'y croire ; pour sauver la patrie, la
première condition est de croire à la patrie. Ils n'auraient que faire à la tête des troupes, ceux qui seraient
incapables de leur inspirer, faute de la ressentir, cette
virile confiance qui est le côté radieux du courage et
conduit, par la volonté de vaincre, au pouvoir de vaincre.

Qu'il soit donc coupé court, et promptement, — le
temps presse ! — à ce système d'inaction qui, pendant
que le froid engourdit les corps, tend à engourdir les
âmes.

Deux batailles mémorables ont montré ce que pourrait l'offensive prise avec décision et habilement conduite. Ce n'était pas, j'imagine, pour nous prouver les
avantages de l'immobilité sous les armes que le général
Ducrot, il y a un mois, se lançait en avant après avoir,
dans une proclamation admirable, poussé un cri vengeur,
le cri de l'offensive ; et ce n'est pas, que je sache, pour
leur donner la glace seule à combattre que le général
Trochu a formé les compagnies de guerre !

N'y a-t-il pas, d'ailleurs, un intérêt suprême à faciliter la marche, à empêcher la destruction possible des armées de secours, en retenant autour de Paris la totalité des forces qui l'assiègent ?

Je le répète, ce qu'il faut c'est ceci : croire à la patrie. Voilà seulement, voilà ce qui doit nous sauver. Et de quel éclat souverain ne rayonnera pas notre cher pays ! La grandeur même de ses revers épiques et leur foudroyante succession seront portés au compte de sa gloire ; car vaincre après tant de défaites, et en quelque sorte à force de défaites, est-il rien de plus imposant ? Combien elles sont dignes de mépris les victoires qui, dues à la supériorité du nombre, à la ruse, à la force, ne développent chez le peuple qui les a remportées que l'orgueil, la cruauté, la rapacité des races conquérantes ! Ce qui est digne d'admiration, c'est la défaite noblement subie et vaillamment réparée, parce qu'elle atteste la présence et le triomphe de toutes les vertus qui sont l'honneur de l'espèce humaine : le calme dans le malheur, la persévérance stoïque, la fermeté d'âme, une résolution d'airain, et, avec la volonté de ne jamais fléchir, le pouvoir de ne jamais désespérer. Les véritables marques de l'invincibilité sont là. Or, la gloire n'est pas de vaincre, mais d'être invincible.

Louis Blanc.

Nous passons maintenant au dernier acte du drame. Nous allons voir comment souffrit et se comporta, pendant vingt jours de bombardement, la capitale de « la patrie des femmes qui chantent, des enfants qui jouent et des poètes qui raillent jusque sous le vol enflammé des obus, jusque sous la menace sifflante de la mort (1). » Cette grande ville, mobile et passionnée, passant tour à tour de l'espérance à l'abattement et du désespoir aux joies patriotiques qu'amène la nouvelle, vraie ou fausse, d'une victoire, va nous apparaître telle qu'elle se montra jusqu'au dernier jour, pendant ces moments douloureux. L'aspect pittoresque et les crâneries artistiques et littéraires de Paris bombardé n'échapperont à personne.

(1) A. Silvestre, *l'Esprit français pendant le siège.*

V

Journal d'un assiégé.

Du 1er au 5 janvier 1871

PARIS (1)

—

Paris aux mille renommées
A leve son front de géant ;
Il a fait sortir des armées
De la misère et du néant.

Graveur sur l'or et l'améthyste,
Tenant son délicat burin,
Il a su, de sa main d'artiste,
Fondre les lourds canons d'airain.

Partout du faubourg Saint-Antoine
A l'ancien boulevard de Gand,
Il a mangé du pain d'avoine
Avec son dandysme élégant ;

Et lorsque l'orage des bombes
A formidablement tonné
Sur nos palais et sur nos tombes,
Ses femmes n'ont pas frissonné.

Tel fut Paris en ses désastres.
Tel ce héros dont le front bout,
Tint son cœur plus haut que les astres
Saignant et lassé, mais debout.

Janvier 1871.

DIMANCHE 1er JANVIER (108e journée du siège).

PROCLAMATION DU GOUVERNEMENT. — Au moment où l'ennemi menace Paris d'un bombardement, le gouvernement, résolu à lui opposer la plus énergique résistance,

(1) Th. de Banville, *Paris*.

4

a réuni en Conseil de guerre, sous la présidence du gouverneur, les généraux des trois armées, les amiraux commandant les forts, les généraux des armes de l'artillerie et du génie. Le conseil a été unanime dans l'adoption des mesures qui associent la garde nationale, la garde mobile et l'armée à la défense la plus active.

Ces mesures exigeront le concours de la population tout entière. Le gouvernement sait qu'il peut compter sur son courage et sur sa volonté inflexible de combattre jusqu'à la délivrance.

— Feu incessant sur les forts, sans distinction.

LUNDI 2 JANVIER.

OFFICIEL. — Le froid rigoureux sévit contre nous avec une âpreté cruelle. Depuis le 14 décembre, le gouvernement n'a reçu aucune nouvelle officielle. C'est seulement par quelques feuilles allemandes qu'il a pu obtenir quelques renseignements fort incomplets. C'est là une situation pleine d'anxiété, et cependant nul de nous ne sent diminuer sa confiance. Au-dessus de nos murailles où veille la garde nationale, au-dessus de nos forteresses que l'ennemi commence à couvrir de ses feux, s'élève comme un souffle d'espoir et de délivrance qui pénètre tous les cœurs.

Nous pouvons l'affirmer sans crainte d'être démentis, il n'est pas téméraire d'espérer. Les départements opposent à l'ennemi une résolution qui l'étonne et le déconcerte. Le sol français lui est disputé pied à pied

et son sang s'y mêle avec celui de nos soldats accourant
sous nos drapeaux, à la voix de la France républicaine.

Le nombre de ces soldats doit être grand, car (c'est
encore l'ennemi qui nous l'apprend), notre chère et malheureuse Lorraine, tout opprimée qu'elle est par l'occupation prussienne, cache ses enfants dans les plis de
ses vallons, et les envoie furtivement à nos armées,
malgré les uhlans qui les menacent de mort.

Nous sommes en face des périls les plus graves qui
puissent accabler une nation. Cependant tous, nous sen-
tons que notre France républicaine les surmontera. Paris
lui a donné l'exemple, cet exemple est noblement suivi.
Paris ne veut pas succomber. Sa population tout entière,
d'accord avec les hommes qui ont l'insigne honneur de
diriger sa défense, repousse hautement toute capitulation. Paris et le gouvernement veulent combattre. Là
est le devoir, et, comme le pays tout entier s'y associe
sans réserve, il ne s'humiliera pas devant l'étranger.

— Bondy et Rosny ont été bombardés vivement cette nuit. A onze heures du soir, les
Prussiens se sont approchés du premier de ces
forts ; nos soldats, laissant venir l'ennemi à
bonne portée, l'ont accueilli par une vive fusillade qui l'a fait rentrer dans ses lignes, après
avoir essuyé des pertes.

Le fort de Nogent, auquel les Prussiens
envoient six cents projectiles, n'a eu qu'un
blessé. Des obus sont dirigés sur le village.

La Tour des Anglais, à Châtillon, vient de
sauter.

MARDI 3 JANVIER.

— Un poste prussien considérable est enlevé en avant de Groslay par les francs-tireurs.

— Forte canonnade sur les forts de l'Est.

MERCREDI 4 JANVIER.

—L'ennemi a canonné Montreuil pendant une partie de la nuit ; il a également tiré sur Bondy très vivement, mais sans résultat appréciable.

— Le bombardement des forts de l'Est a continué aujourd'hui. Le fort de Nogent a reçu plus de douze cents obus.

JEUDI 5 JANVIER.

— Une forte reconnaissance a été opérée cette nuit sur le plateau d'Avron ; elle a eu un plein succès. L'ennemi a eu un certain nombre de tués et de blessés ; il a laissé des prisonniers entre nos mains.

— Le feu a continué pendant la nuit sur le fort de Nogent.

— L'ennemi a commencé ce matin à bombarder avec la plus grande violence les forts de Montrouge, de Vanves et d'Issy. Ses batteries sont placées sur le plateau de Châtillon. Les forts répondent vigoureusement.

Ordre du jour. — Les vingt bataillons de garde nationale mobilisée placés sous mon commandement rentrent dans Paris, selon les ordres de M. le gouverneur, pour se remettre des rudes nuits de bivac passées dans les tranchées de l'Est.

En attendant de nous revoir pour une prochaine action, je regarde comme un grand honneur pour moi d'avoir le devoir et le plaisir de remercier ces bataillons de leur active coopération, de leur bon esprit, et de la fermeté de caractère qu'ils ont constamment déployée au milieu de nos épreuves.

Noisy, le 31 décembre 1870.

Le vice-amiral, Saisset.

— Au pont de Sèvres, une maison dite *du Parlementaire* est occupée par un poste français chargé de recevoir les communications de l'ennemi. Au moment où le drapeau blanc venait d'être baissé, un obus prussien traverse les étages de ce bâtiment et coupe les deux jambes à un mobile de l'Aube. Quelques jours auparavant, le drapeau parlementaire étant levé, un officier français accompagnant le ministre des États-Unis, essuyait un coup de feu. Enfin, quatre artilleurs du bastion d'Auteuil s'étant découverts dans un moment semblable, furent blessés ; l'un d'eux mourut des suites de cette félonie.

4.

VI

Le Bombardement de la ville.

JEUDI 5 JANVIER.

— Cette nuit, les forts du Nord ont tonné jusqu'à trois heures. Entre minuit et une heure du matin, l'ennemi démasque environ douze batteries et ouvre un feu terrible sur toute la ligne s'étendant de Montretout à l'Hay, (environ douze kilomètres) au sud. Les forts de Montrouge, de Vanves et d'Issy et les bastions répondent très vigoureusement. Malheureusement, les Prussiens ont parfaitement abrité leurs pièces ; elles ne doivent guère souffrir.

Puis, les obus commencent à tomber dans le Bois de Boulogne et sur les remparts. Le tir ennemi se rectifie, bientôt les projectiles frappent les maisons et les jardins. C'est le bombardement de la ville qui commence.

L'une de nos canonnières, prise dans les glaces à la hauteur de Billancourt, est bombardée sans aucun effet, si ce n'est qu'elle se trouve tout à coup dégagée, les glaçons se brisant autour d'elle.

— Trois obus tombent dans Grenelle.

— De une à deux heures, le feu devient plus violent encore. Les batteries ennemies de Sèvres et de Bellevue se découvrent, les projectiles sifflent et pleuvent de tous côtés ; il en tombe à Vanves, à Vaugirard, à Auteuil, au Point du jour, sur les remparts. Les gardes nationaux se réfugient dans les casemates. Le chemin de fer de ceinture suspend ses transports. Du côté de Vanves, le premier projectile franchit l'enceinte dans l'après-midi.

Le mont Valérien reçoit quelques obus, mais le tir de son fort est si exact qu'il réduit bientôt les assiégeants au silence.

— On entend au loin la Double Couronne de Saint-Denis ; elle tient l'ennemi en respect.

— Le feu continue toute la nuit ; la rue d'Enfer, les boulevards Arago, Saint-Jacques, du Port-Royal sont atteints. Il y a dix victimes dont cinq tuées. La première, frappée mortellement, habite la rue Fermat, n° 14, près le cimetière Montparnasse.

— Dans la nuit, le huitième secteur envoie des sacs à terre au fort de Vanves, endommagé par les obus. Douze gardes nationaux de bonne volonté, appartenant au 16ᵉ bataillon, accompagnent le convoi qui s'avance sous une grêle de projectiles. Deux de ces gardes sont blessés grièvement ; l'un d'eux a les jambes broyées. Néanmoins, le détachement fait bonne contenance et les hommes épargnés remplissent avec le plus grand sang-froid leur mission.

— Les femmes dévotes vont à la neuvaine de Sainte-Geneviève ; les gamins de Paris courent en riant ramasser les éclats tout chauds des obus, afin de faire leur petite collection, qu'ils offrent, contre argent, au public.

— La famille de Rothschild prie le gouvernement de la Défense nationale d'accepter des bons de vêtements pour une valeur de deux cent mille francs.

— Le *Newton,* aérostat-poste, s'est élevé ce matin à quatre heures, emportant nos dépêches et des pigeons.

— Température à Paris, à 6 heures du matin, 11 degrés 5/10ᵉ au-dessous de zéro. Il gèle à 18 degrés dans nos tranchées.

PROCLAMATION DU GOUVERNEMENT. — Le bombardement de Paris est commencé.

L'ennemi ne se contente pas de tirer sur nos forts ; il lance ses projectiles sur nos maisons, il menace nos foyers et nos familles.

Sa violence redoublera la résolution de la cité, qui veut combattre et vaincre.

Les défenseurs des forts, couverts de feux incessants, ne perdent rien de leur calme, et sauront infliger à l'assiégeant de terribles représailles.

La population de Paris accepte vaillamment cette nouvelle épreuve. L'ennemi croit l'intimider, il ne fera que rendre son élan plus vigoureux. Elle se montrera digne de l'armée de la Loire qui a fait reculer l'ennemi, de l'armée du Nord qui marche à notre secours.

Vive la France, vive la République!

> Général TROCHU, Jules FAVRE, Emmanuel
> ARAGO, Jules FERRY, GARNIER-PAGÈS,
> Eug. PELLETAN, Ernest PICARD, Jules
> SIMON.

RAPPORT MILITAIRE. — L'ennemi a attaqué Bondy, il a été repoussé, laissant sur le terrain une quinzaine de cadavres.

De huit heures du matin à quatre heures du soir, Bondy et les forts de l'Est ont été bombardés; personne d'atteint.

Les obus lancés sur Issy, Vanves et Montrouge ont 0,22 de diamètre et 0,55 de hauteur (poids 125 k.). Les dégâts dans ces forts ne sont pas proportionnés à l'effort de l'ennemi et le gouverneur qui a passé une partie de la journée à Issy et à Vanves, a pu constater la belle humeur de leur garnison.

Les redoutes des Hautes-Bruyères et du Moulin Saquet ont également eu à supporter un véritable bombardement.

— Nos pertes militaires s'élèvent à neuf

tués dont un capitaine et à une quarantaine
de blessés dont quatre officiers.

PROCLAMATION AUX CITOYENS DE PARIS. — Au moment où
l'ennemi redouble ses efforts d'intimidation, on cherche
à égarer les citoyens de Paris par la tromperie et la
calomnie. On exploite contre la défense nos souffrances
et nos sacrifices.

Rien ne fera tomber les armes de nos mains. Courage,
confiance, patriotisme ! *Le gouverneur de Paris ne capitulera pas.*

Général TROCHU.

— La journée est relativement tranquille ;
cependant la ville compte encore dix victimes
dont quatre tués. Les forts réparent leurs dégâts.
A Nogent et à Noisy-le-Sec, on élève de nouvelles batteries. Pendant la nuit, le feu de
l'ennemi a été d'environ trente coups à l'heure,
contre les forts du Sud.

Température à 4 heures du matin à Noisy :
8 degrés 5/10ᵉ au-dessous de zéro.

— Hauteurs comparées des positions du
côté sud :

Prussiens

Meudon	87ᵐ00
Clamart, Châtillon	94ᵐ00

Fontenay-aux-Roses 96ᵐ00
La Tour des Anglais 162ᵐ00

Français

Fort d'Issy. 88ᵐ00
Vauves 64ᵐ00
Montrouge. 85ᵐ00

D'après ces documents, malheureusement trop exacts, on voit que nos trois forts du Sud n'ont rien à cacher à l'ennemi ; sa vue plonge entièrement sur eux. On ne pouvait prévoir, lors de leur construction, la longue portée des armes actuelles. Il y avait bien une redoute à Châtillon ; mais, hélas, elle ne nous appartient plus !

SAMEDI 7 JANVIER.

— La proclamation du 6 avait pour but de répondre à une certaine affiche rouge signée de cent délégués des vingt arrondissements de Paris annonçant l'avènement de la Commune et invitant le peuple à se choisir un nouveau gouvernement.

— Le bombardement continue. Dans la journée, les Prussiens tirent sur le Panthéon qu'ils croient, paraît-il, rempli de poudre. Le fort d'Issy tonne avec fureur. Billancourt et

Boulogne sont bombardés. Deux projectiles remplis de matières incendiaires éclatent sur Auteuil.

— La température est plus douce ; aussi quelques pigeons voyageurs nous sont-ils arrivés.

— L'un des bateaux-mouches faisant le service d'omnibus sur la Seine est coulé par un obus.

— Deux tués et treize blessés dans Paris.

— Demain, dimanche, les artistes associés de l'Opéra donnent leur treizième soirée musicale.

DIMANCHE 8 JANVIER.

RAPPORT MILITAIRE. — L'ennemi, pendant une partie de la nuit et dans le courant de la journée, a lancé sans résultat des obus contre la redoute de Saint-Maur et contre les bâtiments qui avoisinent le pont de Champigny.

Sur Nogent et Rosny, faible canonnade.

Noisy ouvre son feu sur les batteries prussiennes par trois formidables bordées et l'entretient d'une façon bien soutenue. Nos obus éclatent en pleins retranchements et le chef du poste télégraphique de Bondy voit, à deux reprises, s'effectuer le transport des morts et des blessés ennemis.

Issy, Vanves et Montrouge continuent à subir toute la journée un bombardement d'une violence extrême. Peu de dégâts, quatre hommes tués, quelques blessés.

Feu moins nourri sur les redoutes des Hautes-Bruyères
et du Moulin Saquet; cinq blessés dont un capitaine.
Quelques obus arrivent dans le fort de Bicêtre sans bles-
ser personne.

Les batteries prussiennes établies à Thiais tirent sans
résultat sur nos batteries de Vitry et sur les bords de
la rive gauche de la Seine.

Les batteries de Meudon tirent sur les sixième et septième secteurs. Quelques personnes sont blessées au
Point du Jour et à Boulogne.

Une concentration considérable de troupes allemandes
s'est faite cette nuit sur le plateau de Châtillon.

— Visite du général Trochu au fort de
Rosny, où plusieurs artilleurs de la garde
nationale ont été tués. Le général, s'adressant
aux canonniers de cette arme, leur a dit :

Messieurs, je tenais à voir l'endroit où s'est produit
un aussi triste événement. Je constate qu'il n'a décou-
ragé personne et que c'est à qui de vous remplacera
les morts. Permettez à un vieux soldat de vous dire que
vous êtes de braves gens, dignes du rôle périlleux que
vous devez aux événements.

Messieurs les artilleurs de la garde nationale, je
vous salue.

— Le pigeon n° 43 est arrivé ce soir. Le dernier
portait le n° 36.

— Étant donnés les forts du Mont-Valérien, de

5

la Double-Couronne, de Vincennes et d'Ivry, le point de centre est au nouvel Opéra.

Voici les distances séparant l'enceinte continue de Paris et les forts, des batteries prussiennes :

Meudon est à 2,700 mètres du fort d'Issy, à 3,800 mètres du Point du Jour, à 4,000 mètres du fort de Vanves, à 7,300 mètres du Champ de Mars.

La *Tour-des-Anglais* est à 1,800 mètres du fort de Vanves, à 2,200 mètres du fort d'Issy, à 3,300 mètres du fort de Montrouge, à 3,800 mètres des Bastions, à 6,200 mètres du Champ de Mars, à 6,800 mètres des Invalides, à 7,300 mètres du Panthéon.

Fontenay-aux-Roses est à 2,100 mètres de Vanves, à 2,700 mètres de Montrouge, à 3,500 mètres d'Issy, à 3,800 mètres des Bastions, à 6,500 mètres du Champ de Mars, à 6,700 mètres des Invalides, à 7,000 mètres du Panthéon.

Au Nord, les batteries prussiennes sont plus éloignées de nous.

Le Raincy est à 4,700 mètres de Rosny, à 5,000 mètres de Noisy, à 6,200 mètres de Nogent, à 7,200 mètres de Romainville, à 7,500 mètres des Bastions.

La portée des canons prussiens de 24 est, au maximum, de 7,240 mètres.

— Il est interdit de ramasser les obus qui n'éclatent pas et qui sont l'objet de la recherche curieuse et ardente des Parisiens.

— Aujourd'hui dimanche, les forts du Sud ont été attaqués plus vivement que jamais. Une bombe à pétrole a incendié l'un des bâtiments du fort de Montrouge. Le bastion 74 a donné avec beaucoup d'entrain et de régularité ; il a éteint un instant le feu des batteries ennemies.

— Des obus sont lancés sur les ambulances françaises ; les Prussiens ne respectent rien. Celle très en vue de Clamart et très connue de l'ennemi, puisqu'elle existe depuis deux mois, est démolie par les projectiles qui blessent les deux médecins et l'un des infirmiers. Le matériel, enfoui sous les décombres, a été abandonné.

— La nuit est terrible. Le quartier Saint-Sulpice est le plus éprouvé de tous. Chef du poste de la mairie du sixième arrondissement, nous voyons tomber les obus sur l'église elle-même, dont la chapelle de la Vierge est détruite ; la rue Servandoni est atteinte. Huit projectiles éclatent rue Racine. La boutique du pharmacien, au n° 12 de cette rue, est incendiée ; l'élève a les deux cuisses coupées. Six autres incendies éclatent autour de nous. En deux heures, nous comptons plus de trois cents projectiles sifflant sur nos têtes.

Devant nous passe toute une population de femmes éperdues, d'enfants la plupart égarés, de vieillards infirmes, qui fuient la mort. Les mères emportent leurs enfants dans leurs bras; l'une d'elles s'écrie en s'arrêtant devant nous, épuisée : *Il n'a donc pas de petits, ce roi de Prusse!* Tout ce monde est affolé, court sans savoir s'il va trouver un asile. Sans arrêt, des bruits formidables déchirent leurs oreilles : détonations de l'artillerie, éclatement des bombes, effondrement des maisons, cris d'horreur et d'angoisse. De tous les côtés, sous la pluie de fer, volent et se brisent sur le pavé, produisant d'autres fracas, des cheminées, des débris de toiture, des parties de couvertures en métal. Des lueurs sinistres éclairent ce tableau : ce sont des maisons qui brûlent ou les éclairs des canons rayonnant dans les ténèbres du ciel. A l'approche de l'obus, les malheureux fuyards se garent comme ils le peuvent ; l'instrument de mort éclate à quelques pas d'eux ; quelques uns d'entre eux ne se relèveront plus!

Au Luxembourg, une des piles de la grille, du côté de la rue de Madame, est coupée en deux. Nouvelle boutique effondrée, rue Casimir-Delavigne, nº 1.

Cinq enfants sont tués rue des Missions dans le pensionnat de Saint-Nicolas et sept autres mutilés affreusement. D'autres obus éclatent rue des Missions, rue du Cherche-Midi, rue du Regard, rue de Bagneux, rue Mayet, rue de Vaugirard. De tous les côtés, on ne voit que des maisons labourées et percées à jour; des balcons sont en partie démolis, notamment boulevard Saint-Michel n° 63 ; des planchers superposés sont effondrés. Un obus éclate au pied du mur de clôture du musée de Cluny, rue Dusommerard.

— Paris compte cinquante-neuf victimes dont vingt-deux tués, et presque toutes sont des femmes et des enfants. La partie de la population qui n'est pas employée à la défense, s'est réfugiée dans les caves. L'éclairage de nos rues est presque nul, le gaz manquant depuis longtemps, ce qui ajoute aux horreurs de cette nuit lugubre, que nous n'oublierons jamais.

— Grand commerce d'obus. Un beau culot trouvé par Gavroche se vend de cinquante centimes à un franc; un éclat pouvant se monter en breloque vaut de dix à quinze centimes.

— Trois cent soixante mille kilog. de fonte provenant du tir des canons prussiens ont été ramassés sur nos routes et aux abords des forts. On les leur renverra !

LUNDI 9 JANVIER.

— Bonnes nouvelles !

D'après une dépêche de Gambetta, Bourbaki est dans une excellente situation, Chanzy, grâce à son admirable ténacité, a fait lâcher prise aux Prussiens ; le Havre est tout à fait dégagé ; Rouen est abandonné après pillage. Pendant plusieurs heures, la ville a été mise à sac ; les quartiers de la rive gauche ont été surtout l'objet de ce vandalisme. L'ennemi visait à l'anéantissement du commerce de la ville. — « L'ennemi, dit Gambetta, s'épuise par son occupation même ; en résistant jusqu'au bout, la France sortira plus grande et plus glorieuse de cette guerre maudite. »

Le général Faidherbe nous apprend qu'il a remporté un avantage à Pont-Noyelle le 23 décembre et une victoire sous Bapaume, le 3 janvier (1).

L'*Agence Havas* annonce une victoire à Nuits : douze mille Français des régiments de marche, des légions du Rhône et des mobiles commandés par Crémer, ont combattu vingt-cinq mille Prus-

(1) La bataille de Bapaume fut l'une des plus éclatantes victoires de la guerre de 1870.

siens avec quarante-deux pièces d'artillerie. Nous n'avions que six canons (1). L'agence ajoute que les Allemands ont perdu trois cent mille hommes depuis leur entrée en France. La victoire semble nous sourire, aussi bien dans l'Ouest que dans le Nord. On presse le gouvernement; on le supplie de sortir de l'inaction, afin d'aider à nos armées extérieures et de retenir le plus grand nombre possible d'ennemis devant Paris.

— Le bombardement continue, mais il est moins violent; on compte cependant encore, dans la ville, quarante-huit victimes dont douze tués.

— Voici quelques détails complémentaires sur la journée d'hier :

L'ennemi s'acharne après le viaduc d'Auteuil. Un obus troue l'un des murs construits entre les arches.

A Boulogne, l'air retentit de sifflements, les projectiles se croisent, nos bastions répondent. On découvre de là, que plusieurs batteries enne-

(1) Le sanglant combat de Nuits ne fut pas une victoire; faute de munitions, il fallut battre en retraite et se retirer sur le plateau de Chaux, contre lequel se multiplièrent sans succès les attaques les plus furieuses. La journée nous coûta mille deux cents hommes; les Allemands en perdirent quatre mille. Mais, ne se sentant pas en sûreté, l'ennemi abandonna Nuits, se repliant sur Dijon, d'où il était parti.

mies ont été dressées derrière des maisons qui ont été rasées ensuite, pour démasquer les pièces.

Un des collaborateurs du journal le *Rappel*, de garde auprès d'une poudrière des environs du Point-du-Jour, nous donne les renseignements suivants :

Le feu de l'ennemi a été incessant pendant la journée et moins vif de six heures du soir à deux heures du matin. Il était dirigé de Châtillon et surtout de Meudon sur Grenelle, Vaugirard et le Point-du-Jour.

Une femme a eu la tête emportée ; un épicier, qui fermait sa boutique, tombait quelques instants plus tard ; un mobile qui se croyait abrité sous le viaduc, un garde national et deux passants ont été tués.

Un fabricant d'eau de Seltz buvait avec deux de ses amis chez un débitant. Un obus éclate sur le seuil de la boutique au moment où cet industriel portait le verre à ses lèvres, un fragment volumineux du projectile passe sous son bras, tue raide l'un de ses compagnons et blesse grièvement le second.

— Le journal le *Droit* raconte qu'à trois heures du matin, plusieurs obus, l'un après l'autre, ont pénétré par la toiture dans un logement occupé par une femme de soixante et onze ans. Le second de ces projectiles, passant par la même ouverture que le premier, a roulé sous un lit et y a éclaté. La pauvre vieille a été soulevée avec les matelas par l'un des éclats et n'a eu heureusement d'autre mal que la peur.

On a apporté à l'ambulance de ce journal un soldat qui avait été frappé à la tête par un éclat d'obus très amorti. Il n'avait ni plaie, ni fracture ; cependant la commotion cérébrale avait été telle qu'il a éprouvé tous les symptômes d'une apoplexie foudroyante et qu'il a succombé au bout de quelques instants.

— Le Val-de-Grâce, hôpital militaire, étant devenu l'objectif des canons allemands, le gouverneur de Paris y fait transporter les prisonniers blessés et avise les généraux ennemis de ce fait. *Aussitôt les boulets ennemis changent de direction !!*

— Quelques renseignements curieux et très exacts extraits du journal l'*Opinion nationale:*

..... Il est impossible de distinguer chez l'ennemi aucune pièce de canon. Tout est blindé, casematé ; les canons sont dans des trous, d'où ils tirent par feux obliques. La fumée, voilà le seul indice, et encore n'indique-t-elle pas la position précise du canon, car, par le coup même, elle est fortement poussée en avant, et le vent lui fait subir une déviation qui n'est pas précisément appréciable (1).

La canonnade forme un demi-cercle, en suivant les hauteurs de Bagneux et de Meudon. Le gros des batteries se trouve sur le contrefort principal des hauteurs, qui est le plateau de Châtillon. Celui-ci se développe par une large ligne, juste en face de nos trois forts du sud.

La ligne est presque parallèle à celle des forts ; la distance varie à peine entre 1,800 et 2,000 mètres. A partir du plateau proprement dit, qui est marqué par le moulin de la Tour, le terrain décline par légères ondulations sur Clamart et Fleury.

Le plateau est lui-même flanqué par deux contreforts secondaires : à gauche celui de Bagneux et Fontenay, à droite celui de Meudon.

Ces deux hauteurs accessoires forment en quelque sorte les cornes du plateau ; l'une se recourbe sur le fort de Montrouge, l'autre sur celui d'Issy.

Les batteries ennemies apparaissent sur deux plans ; par batteries, il faut entendre plutôt des points et des centres de tir, car il est douteux que les Prussiens aient exposé des lignes de 50 à 100 mètres aux ripostes de nos forts. Ils se sont contentés, sauf sur une ou deux positions, d'installer des pièces isolées à larges intervalles.

Au premier plan, c'est-à-dire au plan le plus élevé, se trouve la batterie la plus importante. Elle est placée sur la route de Châtillon même, au point où elle arrive au

---

(1) Pour mieux tromper les Parisiens, l'Allemand, qui pense à tout, figurait en dehors des batteries, des fumées de canonnades, afin d'attirer les projectiles sur elles. Signalons cette ruse grossière aux soldats de la France reconstituée.

moulin de la Tour. Cette batterie (dite du Réservoir), est abritée par un pli de terrain ; on en aperçoit la fumée qui s'élève derrière un rideau d'arbres, c'est elle qui bat le fort de Vanves, le secteur des remparts, et qui porte jusqu'au Panthéon.

En suivant sur la droite, toujours le long du plateau, on voit les autres batteries installées, non sur la crête, mais sur les pentes ; il y en a une tout proche du fort de Vanves, à mi-côte, sur le chemin de Châtillon à Clamart ; une seconde est placée sur l'éminence du Moulin-de-Pierre, entre Clamart et Meudon.

Continuons sur Meudon : une première batterie tire de la station ; un seconde, plus en arrière, est à la droite du château de Meudon.

Revenons à gauche ; à partir du Moulin-de-Pierre, le terrain se dédouble en deux lignes de hauteurs presque parallèles ; sur la pente de la première, c'est Bagneux ; sur la seconde, c'est Fontenay ; chacun de ces villages a sa batterie, celles-là plus spécialement à l'adresse du fort de Montrouge.

RAPPORT MILITAIRE. — Continuation du bombardement ; même solidité dans la garnison des forts et dans la population.

Le gouverneur, qui a parcouru aujourd'hui toutes les parties de l'enceinte soumises au feu de l'ennemi, a recueilli les preuves les plus éclatantes du patriotisme des habitants de Paris.

MARDI 10 JANVIER.

RAPPORT MILITAIRE. — Les abords du Panthéon et le 9e secteur ont reçu beaucoup d'obus.

Plus de trente de ces projectiles du plus gros calibre

ont porté sur l'hospice de la Pitié ; une femme y a été tuée, et les malades d'une salle ont dû être évacués dans les caves ; le Val-de-Grâce a été bombardé également. L'ennemi semble prendre pour objectif les établissements hospitaliers de Paris. Par ces procédés odieux, il montre une fois de plus son mépris des lois de la guerre et de l'humanité.

Le contre-amiral de Montaignac fait connaître que, pendant la nuit, les Prussiens ont tiré à toute volée sur la ville ; les obus, passant par-dessus les remparts, sont tombés dans les quartiers éloignés de l'enceinte.

— Les quatre batteries prussiennes établies entre Bagneux et L'Hay ont pris, dès hier au soir, pour objectif, la prison de la Santé ; les détenus ont alors été évacués sur Mazas. Aujourd'hui, ils ont été remplacés par des prisonniers allemands au nombre de neuf cent cinquante. *Une heure après l'entrée de ceux-ci, les batteries avaient changé leur tir*. Elles envoyaient alors leurs obus sur l'asile Sainte-Anne, que l'on croyait suffisamment protégé par le drapeau de la convention de Genève.

On suppose que l'ennemi voulait, pour augmenter le désordre et la confusion, déchaîner sur la ville les malfaiteurs et les aliénés que renfermaient ces deux grands établissements. Les intelligences nombreuses qu'il a certainement dans Paris lui facilitent ces odieuses combinaisons.

— Le bombardement des forts de Montrouge et de Vanves continue avec vivacité ; l'ennemi porte ses efforts sur Issy qui est canonné violemment.

Les 6e, 7e, 8e et 9e secteurs reçoivent un grand nombre d'obus.

— On compte cinq coups de canon par minute. Les femmes et les enfants émigrent de nos quartiers de la rive gauche, ou couchent dans les caves.

— Nos musées, nos bibliothèques, nos hôpitaux regorgeant de blessés, sont atteints. Le jardin du Luxembourg, où est établie une ambulance, reçoit vingt obus. Les fameuses serres du Muséum, sans rivales dans le monde, sont complètement détruites. Deux blessés ont été tués au Val-de-Grâce.

— Un obus est venu frapper une maison de la rue du Cherche-Midi. Là, habitent depuis cinquante-deux années deux vieillards, le mari et la femme ; l'un a quatre-vingt-trois ans, l'autre soixante-dix-sept. Dans cet appartement, leur mère et leur père sont morts, leurs enfants sont nés. Ils vivent retirés, pendant que leurs deux fils souffrent ou combattent au loin. Ils voulaient mourir là, mais les obus du roi Guillaume sont venus percer leur demeure. Eux qui n'ont jamais déménagé, déménageront demain, si Guillaume et leur maison le permettent.

— Le Ballon le *Gambetta*, monté par deux aéronautes, a quitté la gare du Nord à trois heures et demie du matin. Ce ballon emportait toutes nos lettres, les dépêches du gouvernement et trois pigeons.

— Bruits de trahison au sein du gouvernement. On accuse hautement le chef d'état-major Schmitz.

— Nos soldats s'emparent de plusieurs maisons occupées par les Prussiens sur la ligne du chemin de fer de Strasbourg et les détruisent. Quelques ennemis, refusant de se rendre, sautent avec elles.

— En avant du fort d'Issy, sortie heureuse ; nous détruisons les travaux des assiégeants au Moulin-de-Pierre, et nous leur faisons vingt et un prisonniers.

— Le bombardement de Vincennes doit commencer demain, dit-on.

— Aujourd'hui, trois morts et dix blessés dans Paris.

MERCREDI 11 JANVIER.

— Accentuation des bruits de trahison. L'*Opinion nationale* s'exprime ainsi :

Tout le monde sait maintenant qu'une sortie avait été décidée ces jours derniers en conseil secret :
Elle a dû être décommandée, parce que l'on s'est

aperçu, dès le lendemain, que les Prussiens faisaient des préparatifs de défense *sur les points menacés et sur les chemins mêmes par où il avait été décidé que nos troupes agiraient.*

Or, il n'y avait que *quatre généraux dans le secret.* On demande à connaître celui qui a... communiqué le plan.

Ces quatre généraux, on sait leurs noms : M. le général Trochu, M. le général Ducrot, M. le général Vinoy, M. le général Schmitz.

Le traître, si traître il y a, est évidemment un de ces quatre.

Pourquoi justice n'est-elle pas faite ? Comment M. le général Trochu, dont la loyauté et l'extrême bonté, hélas ! ne sont contestées par personne, peut-il tolérer un seul instant cette situation ?

PROTESTATION. — Au nom de l'humanité, de la science, du droit des gens et de la convention internationale de Genève méconnus par les armées allemandes, les médecins soussignés de l'hôpital des enfants malades (Enfant Jésus), protestent contre le bombardement dont cet hôpital, atteint par cinq obus, a été l'objet pendant la nuit dernière.

Ils ne peuvent manifester assez hautement leur indignation contre cet attentat prémédité à la vie de six cents enfants que la maladie a rassemblés dans cet asile.

Docteurs ARCHAMBAULT, SIMON, LABRIC, HENRI, ROGER, BOUCHUT, GIRALDÈS.

RAPPORT MILITAIRE. — Pendant la nuit, l'ennemi a continué à bombarder Paris. Dans la journée, le feu a repris avec une violence extrême contre les forts du Sud, principalement contre Issy, qui paraît être le principal objectif des batteries prussiennes. Des dispositifs considérables d'artillerie sont en voie d'exécution pour combattre efficacement les nouvelles batteries démasquées par l'ennemi.

Du côté des Hautes-Bruyères, du Moulin-Saquet et de Créteil, canonnade peu importante.

— La nuit, le feu a repris avec violence. Les obus tombent rue de Rennes, rue de Vaugirard, sur tout notre malheureux quartier qui reçoit environ un projectile par minute. Les rues avoisinant Saint-Marcel sont criblées de projectiles. La maison de l'un de nos amis, rue Blomet à Plaisance (1), est en partie détruite. Auteuil n'a pas été épargné.

Un tué; vingt blessés.

— Le *Journal officiel* publie la note suivante :

Après un investissement de plus de trois mois, l'ennemi a commencé le bombardement de nos forts le 30 décembre, et six jours après celui de la ville. Une pluie de projectiles, dont quelques-uns pesant 94 kilogrammes apparaissant pour la première fois dans l'histoire des sièges, a été lancée sur la partie de Paris qui s'étend depuis les Invalides jusqu'au Muséum. Le feu a continué jour et nuit sans interruption avec une telle violence que, dans la nuit du 8 au 9 janvier, la partie de

_____

(1) M. Gence, architecte, qui a eu, plus tard, les deux jambes emportées par un obus, et a succombé à cette affreuse mutilation.

la ville située entre Saint-Sulpice et l'Odéon recevait un obus par chaque intervalle de deux minutes.

Tout a été atteint : nos hôpitaux regorgeant de blessés, nos ambulances, nos écoles, les musées et les bibliothèques, les prisons, l'église de Saint-Sulpice, celles de la Sorbonne et du Val-de-Grâce, un certain nombre de maisons particulières. Des femmes ont été tuées dans la rue, d'autres dans leur lit ; des enfants ont été saisis par des boulets dans les bras de leur mère. Une école de la rue de Vaugirard a eu quatre enfants tués et cinq blessés par un seul projectile (1).

Le musée du Luxembourg, qui contient les chefs-d'œuvre de l'art moderne, et le jardin, où se trouvait une ambulance qu'il a fallu faire évacuer à la hâte, ont reçu vingt obus dans l'espace de quelques heures. Les serres du Muséum sont détruites. Au Val-de-Grâce, pendant la nuit, deux blessés, dont un garde national, ont été tués dans leur lit.

Cet hôpital, reconnaissable à la distance de plusieurs lieues par son dôme que tout le monde connaît, porte les traces du bombardement dans ses cours, dans ses salles de malades, dans son église dont la corniche a été enlevée.

Aucun avertissement n'a précédé cette furieuse attaque. Paris s'est trouvé tout à coup transformé en champ de bataille, et nous déclarons avec orgueil que les femmes s'y sont montrées aussi intrépides que les citoyens. Tout le monde a été envahi par la colère, mais personne n'a senti la peur.

Tels sont les actes de l'armée prussienne et de son roi présent au milieu d'elle. Le gouvernement les constate pour la France, pour l'Europe et pour l'histoire.

(1) Les tués étaient au nombre de cinq et non de quatre, et les blessés au nombre de sept.

— La nuit dernière, quelques matelots, conduits par un officier, sortent de l'un de nos forts du Sud. Ils marchent à pas de loup et surprennent l'ennemi en train d'établir une batterie à Clamart. Sans brûler une seule cartouche, nos marins tuent une partie des Prussiens, font dix-neuf prisonniers dont un officier ; quatre canons sont encloués.

— Les tirailleurs de Poulizac partent de Romainville hier soir, au nombre de cinq à six cents ; ils attaquent trois postes cantonnés en arrière du Bourget, sur la ligne de Soissons ; les Prussiens sont ou tués ou faits prisonniers. Nous n'avons eu que quatre blessés.

— Le ballon-poste le *Kepler* est parti de la gare d'Orléans, à trois heures du matin ; il s'est dirigé vers le nord-nord-ouest.

Il emporte 160 kilogrammes de lettres et trois pigeons, et est monté par le matelot Roux et un voyageur.

— La gaieté française ne perd pas ses droits : Hier, de huit heures du soir à minuit, la 1re compagnie de marche du 27e bataillon, de service aux avant-postes de Nogent, a donné un concert vocal qui a réuni un grand nombre d'amateurs.

A cette réunion, pas d'autre accompagnement que le mugissement des obus passant par-dessus la salle, et le fracas des maisons voisines qui s'écroulaient sous les projectiles.

La soirée s'est terminée par une quête au profit des blessés.

JEUDI 12 JANVIER.

— La *Nouvelle Gazette de Prusse* du 3 janvier, nous parvient. Elle considère la guerre actuelle comme une guerre d'extermination. Pour satisfaire l'Allemagne, il faut, dit-elle, que les Français valides soient terrassés jusqu'au dernier, que leurs richesses soient anéanties, que « l'empire des Francs, qui opprime le monde et ne vit que de vols de territoires et d'intrigues depuis mille ans, » soit radicalement supprimé. Quant aux citoyens qui défendent le sol natal, c'est une tourbe de fanatiques et de fous animés des sentiments les plus atroces, indignes du nom de soldats et qui doivent être exterminés. « La guerre ne prendra fin, ajoute cette aimable feuille, que lorsque les nids de la soi-disant défense nationale auront été écrasés. »

Paris, 11 janvier 1871.

PROTESTATIONS. — La Salpêtrière est un hospice où sont recueillis en temps ordinaire :

1° Plus de trois mille femmes âgées ou infirmes ;

2° Mille cinq cents femmes aliénées ;

Et, par surcroît, en ce moment de suprême douleur, les populations réfugiées des asiles d'Ivry, et trois cents de nos blessés ;

C'est là une réunion de toutes les souffrances qui appelle et commande le respect ; mais l'ennemi qui nous combat aujourd'hui ne respecte rien. Dans la nuit du dimanche au lundi, du 9 au 10 janvier, il a pris pour points de mire les hôpitaux de la rive gauche : la Salpêtrière, la Pitié, les Enfants malades, le Val-de-Grâce et les cabanes d'ambulance. A la Salpêtrière, nous avons reçu plus de quinze obus. Or, notre dôme, très élevé, est surmonté du drapeau international ; il en est de même du dôme du Val-de-Grâce. C'est un acte monstrueux contre lequel protestent les médecins soussignés, et qu'il faut signaler à l'indignation de ce siècle et à celle des générations futures.

> Drs CRUVEILHER, chirurgien en chef de la Salpêtrière ; CHARCOT, médecin de la Salpêtrière ; LUYS, VOISIN, BAILLARGÉ, TRÉLAT, idem ; FERMON, pharmacien en chef ; J. MOREAU (de Tours).

— Les soussignés, médecins de l'hôpital de la Charité, protestent contre le bombardement dont cet établissement a été l'objet. Huit obus sont tombés sur cet hôpital, qui renferme huit cents blessés et malades. Plusieurs autres projectiles ont éclaté dans son voisinage immédiat.

> Drs LANNELONGUE, FÉRÉOL, BALL, LANCEREAUX, BROUARDEL, LABBÉ, OLLIVIER.

— Le directeur de Sainte-Périne, établissement situé sur une grande hauteur, et dont les bâtiments se distinguent très facilement des points occupés par l'ennemi, proteste énergiquement contre le bombardement. « Les Prussiens, dit cet honorable fonctionnaire, cherchent à jeter l'épouvante dans une maison de retraite où trois cents malheureux vieillards comptaient achever paisiblement leur carrière. » Il signale le fait à l'indignation publique (1).

— Le feu se ralentit pendant la journée ; l'ennemi ne tire qu'à d'assez longs intervalles Une certaine quantité d'obus tombent cependant du côté du puits de Grenelle. A Grenelle même, un obus effondre le n° 17 de la rue Leblanc, dont toutes les maisons sont déjà criblées. Deux femmes et une enfant de onze ans étaient là dans une salle ; le projectile défonçant la toiture, éclate dans la pièce, fait sauter la tête de la petite fille et blesse les deux femmes. Chaises, verres, bouteilles, linge, mobilier, tout est en miettes. Sur les murs sont collés des éclats de cervelle et des cheveux.

---

(1) Sainte-Périne est située sur une éminence qui domine le cours de la Seine ; ses vastes bâtiments attirent les regards à une grande distance et se distinguent avec facilité des hauteurs de Châtillon et de Meudon où sont établies les batteries qui les foudroient.

— La maison de santé du docteur Blanche est atteinte.

— Le Gouvernement assimile tout Français atteint par les bombes prussiennes, au soldat frappé par l'ennemi. En conséquence, les veuves des tués et les orphelins de pères ou de mères qui auront péri par l'effet du bombardement de Paris, sont considérés comme des veuves et des orphelins de soldats tués à l'ennemi.

— Rue des Ursulines, une mercière de la rue Saint-Jacques a été atteinte par un éclat d'obus qui l'a blessée très grièvement à la jambe. A peu de distance, plusieurs personnes ont été également blessées.

— Un enfant qui passait rue des Feuillantines a reçu des éclats qui l'ont grièvement blessé.

— A gauche de l'hôpital militaire du Val-de-Grâce, deux grosses pierres de taille ont été détachées du couronnement d'une ancienne croisée ogivale. Un projectile, en éclatant au milieu d'une salle de l'établissement, a projeté des éclats qui ont blessé un malade.

— Le couvent des Carmélites a reçu des projectiles. L'un d'eux a perforé le mur de clôture, cependant très épais.

Dans la même rue, un obus s'est abattu sur une maison où déjà, samedi, il en était tombé deux : boiseries, portes, fenêtres, tout a été brisé.

— Quelques détails rétrospectifs sur le bombardement de ces jours derniers :

Des obus sont tombés sur l'hôpital de la Pitié ; l'un d'eux a éclaté dans une grande salle où plusieurs femmes étaient couchées et a cassé le bras de l'une des malades, la femme Mirault, qui a été amputée par le docteur Broca. Trois autres malades ont été tués et quatre blessés. Le toit de l'hôpital a été entamé en deux endroits ; le mur qui fait face au Jardin des Plantes a été percé ; un escalier en pierre est en ruines.

— Quelques projectiles sont tombés sur les baraquements établis pour les ambulances militaires dans le Jardin des Plantes ; les blessés ont dû se réfugier dans les bâtiments.

La serre des orchidées est complètement détruite ; perte 600,000 fr. Cet acte est le digne pendant de l'incendie de la bibliothèque de Strasbourg.

— Deux lycées de la rive gauche ont été atteints, l'un d'eux dans son ambulance. Plusieurs personnes ont été blessées. On a jugé prudent de transporter les malades dans les caves.

— Entre l'Odéon et l'École de médecine, dans un hôtel garni, deux personnes ont été grièvement blessées. Un Américain a eu le pied emporté, au moment où il se déchaussait pour se mettre au lit.

— Le bombardement a commencé à onze heures et demie et s'est arrêté subitement à trois heures. Les obus frappaient le cimetière Montparnasse et le Marché aux chevaux.

— Aujourd'hui, Paris compte treize victimes dont cinq tués.

— Au Théâtre-Français, on joue *Mademoiselle de Belle-Isle* et *Il faut qu'une porte soit ouverte ou fermée*. Plutôt fermée, car il fait un froid de chien !

VENDREDI 13 JANVIER.

— Le bombardement continue. Jusqu'à présent, Paris a reçu sept mille projectiles, dont la valeur est, parait-il, de quatorze cent mille francs.

Décidément, Guillaume ne fait pas ses frais, dit avec raison l'un de nos publicistes.

— Aujourd'hui, les Prussiens ont encore fait trente-trois victimes dont douze femmes et enfants. Il y a neuf tués.

— L'ennemi établit, entre Saint-Cloud et Garches, une nouvelle batterie destinée à bombarder Passy. Un autre ouvrage se construit dans la direction de Nanterre, pour attaquer le Mont-Valérien. Le géant a l'air d'en rire d'avance.

— Le général Trochu, gouverneur de Paris, s'élève contre les accusations dont l'un de ses généraux (M. Schmitz), a été l'objet. Il déclare ces accusations fausses, et se porte garant de l'honneur de cet officier.

— On signale un incendie au chantier Dupré, rue de la Procession, à Vaugirard ; les projectiles pleuvent sur le boulevard Saint-Michel, la rue Monge, les quartiers Mouffetard, Saint-Marcel et le boulevard d'Italie. De ces côtés, plusieurs maisons sont trouées, des balcons sont brisés, des toitures enlevées.

— L'École d'architecture, rue d'Enfer, n° 19, a reçu huit obus ; l'un d'eux a tout réduit en poussière dans la loge du concierge.

— Jules Favre, invité à se rendre à Londres pour assister à la conférence qui doit s'ouvrir afin de reviser, s'il y a lieu, les traités de 1856, refuse de quitter Paris.

— Lundi dernier, M. Chevreul, directeur du Muséum d'histoire naturelle, a déposé sur le

bureau de l'Académie des sciences, la déclaration suivante :

Le Jardin des plantes médicinales, fondé par Louis XIII,
en 1626, fut bombardé dans la nuit du 8 au 9 janvier 1871,
par l'armée commandée par Frédéric Guillaume Ier ; le
comte de Bismarck étant son ministre.

— Par arrêté du gouvernement, il est interdit
aux boulangers de vendre du pain de luxe, et
de trier, par un procédé quelconque, les farines
qui leur sont livrées par la Caisse de la Boulangerie.

— La Société des gens de lettres offre au
gouvernement de la Défense nationale ses deux
canons, le *Victor Hugo* et le *Châtiment*, produit
de deux soirées organisées au théâtre de la
Porte Saint-Martin.

— Nous apprenons que dans l'une des nuits
précédentes, il est tombé : au Muséum, quinze
obus ; à la Sorbonne, huit ; à l'Ecole normale,
quatre ; à l'Ecole de pharmacie, deux ; là, la
femme du jardinier a été brûlée, sa petite fille
a eu la tête emportée. Le lycée Descartes a
reçu cinq obus ; le lycée Corneille, quatre ; le
lycée Saint-Louis, un ; la bibliothèque Sainte-
Geneviève, le collège Sainte-Barbe et l'Obser-
vatoire n'ont pas été davantage épargnés.

— Extrait de *Paris-Journal*, numéro d'aujourd'hui (1) :

LE MASSACRE DES INNOCENTS

Ils étaient cinq petits garçons, qui appartenaient au pensionnat de Saint-Nicolas, au coin de la rue de Vaugirard et de la rue des Missions. Toute la journée de dimanche, les Krupps n'avaient pas cessé de gronder sur les hauteurs de Châtillon, et les pauvres chers innocents n'avaient pas cessé de jouer, dans la cour de l'institution, autour du Christ de bois peint, confiants dans leur âme sans tache, dans leur âge que chacun respecte, dans leur sourire limpide et dans leur ange gardien.

La nuit vint. Les enfants s'endormirent après la prière. Puis, la tempête d'artillerie éclata ; le quartier s'étoila de projectiles ; l'air cria lamentablement, cravaché par la mitraille...

Les Frères eurent peur pour leurs élèves. Ceux-ci couchaient au troisième étage. Ordre leur fut donné de descendre au rez-de-chaussée. La plupart s'empressèrent d'obéir. Les plus jeunes, encore tout ensommeillés, se frottaient les yeux sur leur lit et rassemblaient à la hâte leurs vêtements et leurs couvertures...

Il était une heure moins un quart...

Tout à coup, un obus troue le toit de la maison, traverse le grenier, effondre le plafond du dortoir, éclate avant d'avoir touché le parquet...

(1) Cet article émouvant, et de la plus exacte vérité, a été écrit sous nos yeux, par M. Paul Mahalin, publiciste bien connu, qui faisait alors partie du bataillon des braves *Francs-tireurs des Ternes*, connus sous le nom de Francs-tireurs *à la branche de houx.*

La salle s'emplit de bruit, de flamme et de fumée. On entendit, m'a dit un frère, quelques gémissements, des soupirs et ces mots : *Ah ! mon Dieu ! maman !...*

Cinq enfants étaient tués ; sept blessés. Le roi Guillaume est un boucher qui connaît son état !

J'ai vu le « lieu du crime », l'entaille béante et noire du plafond, les lits de fer broyés comme des fétus de paille, les murailles balafrées, le plancher déchiré, les fenêtres veuves de leurs vitres. Un éclat, après avoir ébréché trois ou quatre angles de la salle en ricochant, était venu mettre le feu à une paillasse distante de dix mètres de l'endroit de l'explosion. Il y avait du sang partout : sur les dalles, sur les matelas, sur les murs ; et, avec le sang, toutes sortes de choses horribles... Sur le parquet, dans une mare rouge, nageait une petite mitaine de laine bleue.

J'ai vu, dans le parloir, les cadavres déposés côte à côte. Il avait fallu les ensevelir de suite. Suivant l'expression de l'un de ceux qui avaient aidé à cette lugubre besogne : *Ce n'étaient plus des corps, c'était un hachis* (1).

J'ai vu, à Notre-Dame-des-Champs, les cinq petits corbillards blancs devant lesquels chacun se découvrait avec respect. L'église débordait de monde. Sur la fin de l'office, un homme se glissa dans la foule et chercha à s'abriter derrière un pilier : c'était Jules Favre. On le reconnut, il prit place en tête du cortége, avec la municipalité du VIᵉ arrondissement et une députation d'officiers du 83ᵉ bataillon de la garde nationale, parmi lesquels l'on remarqua les capitaines Fauré, Duchier et Leclère et le lieutenant Husson.

Les soucis du moment m'ont semblé peser lourdement sur les épaules de M. Jules Favre. Ils ont mis une sour-

(1) Nous avons aussi vu ces épouvantables choses.

dine aux cuivres de sa voix. Toutefois, dans les paroles émues, improvisées par lui au cimetière Montparnasse, on a vu luire l'aurore prochaine des jours heureux. M. Leroy, adjoint au maire, a succédé au ministre sur le bord de cette fosse où « le printemps de la patrie s'enfouissait dans la terre glacée de l'hiver. » C'est dans ce quartier de Paris, a rappelé l'orateur, dans ce quartier qu'elle écrase de boulets et qu'elle couvre de funérailles, que la Prusse est venue chercher cette science dont elle se sert pour faire sortir le *moment psychologique* de la bouche de ses canons. Mais quoi ! Guillaume veut être empereur d'Allemagne...

C'est pour cela qu'il faut que les vieilles grand'mères,
De leurs pauvres doigts que fait trembler le temps,
Cousent dans le linceul des enfants de sept ans !

— Aux Bouffes Parisiens, au profit des victimes du bombardement, deuxième séance de poésie moderne, avec le concours de Mmes Agar et Rousseil et de MM. Coquelin, Taillade et Saint-Germain.

— Observations du *Journal officiel*, à propos du malheureux événement arrivé à la Pitié :

L'hôpital de la Pitié se trouvant placé à l'extrême limite du tir de l'ennemi, on n'avait pas supposé, dès le premier jour, qu'il eût une intention particulièrement hostile à l'établissement ; mais, la nuit dernière, les obus, envoyés exactement dans la même direction, sont venus tomber et éclater sur les mêmes points ; et, s'ils n'ont pas occasionné de nouveaux malheurs, c'est que

6.

les précautions avaient été prises pour mettre les malades en sûreté.

Cet acharnement semblerait démontrer qu'il ne s'agit plus d'un bombardement ordinaire, mais d'une cruauté sauvage qui s'attaque de préférence aux établissements hospitaliers, dans la pensée d'atteindre plus profondément la population et de lui occasionner les plus dures et les plus poignantes émotions.

Il devient utile de publier de tels faits, qui ajoutent une page odieuse à l'histoire de nos ennemis, et de protester, au nom du droit, de la civilisation, de l'humanité contre cet attentat prémédité, qui n'a eu de précédent dans aucune guerre.

L'*Opinion Nationale* raconte les faits suivants :

Lundi soir, l'ambulance créée par Mlle Sarah Bernhardt dans le théâtre de l'Odéon, où dix soldats et quatre officiers français, plus un Saxon, blessés, reçoivent les soins les plus empressés et les plus affectueux, a été atteinte par deux obus prussiens.

L'un de ces projectiles a effondré la toiture des foyers où sont établis les lits des blessés ; d'énormes pierres de taille ont été arrachées, les ardoises volaient en éclats, les gravois pleuvaient sur les lits des officiers ; le monument tout entier tremblait sur ses bases, lorsqu'un deuxième obus vint attaquer l'encoignure du théâtre, du côté de la rue Corneille.

Ceux des malades qui purent se lever et marcher se hâtèrent de se mettre à l'abri.

Mme Lambquin était de service de nuit ; elle appelle à elle les aides infirmiers, et tous se mettent à l'œuvre pour prendre dans leurs bras ou sur leur dos, les blessés qui ne peuvent quitter leurs lits ; ce n'est qu'après les avoir déposés dans les caves du théâtre, que ces braves cœurs pensent à se sauvegarder eux-mêmes.

Mme Lambquin a quitté la dernière le lieu du sinistre ; ce n'est qu'après s'être emparée des objets les plus nécessaires à ses chers blessés qu'elle est allée retrouver Mme Guérard et ses aides : Constant, Emile Lemoine, Prosper et Vaconsin, dans l'ambulance souterraine improvisée.

SAMEDI 14 JANVIER.

Hier, le bombardement a été incessant dans la *boucle* (ou presqu'île) de la Marne. La belle attitude de la garde nationale et des troupes sous le feu de l'ennemi, est signalée par le général commandant le fort de Vincennes.

— Le même jour, deux enfants ont été tués au milieu de la rue St-Jacques et trois autres grièvement blessés. A cinq heures du soir, deux obus éclatent rue Vavin.

— Aujourd'hui, le bombardement faiblit sur nos quartiers ; cependant il tombe encore des projectiles rue de Rennes, rue du Cherche-Midi et dans le voisinage, mais nous y sommes habitués. L'église Saint-Sulpice reçoit à une heure la visite d'un nouvel obus. La rue de Varennes est atteinte.

— Place Vauban, au dépôt des Petites

voitures, un projectile incendiaire met le feu, tue un cheval et blesse un cocher.

— Le Jardin du Luxembourg est fermé ; on dépave autour du Panthéon. On place des réservoirs sur l'église St-Sulpice.

— Les blessés prussiens sont placés dans des salles casematées : réponse généreuse aux obus de ces implacables sauvages qui s'attaquent à nos ambulances et à nos hôpitaux.

— Il s'est produit une panique chez les boulangers du quartier Montmartre ; on a manqué de pain. Peut-être les déplacements occasionnés par le bombardement sont-ils cause de cet incident. Dans tous les cas, il nous semble que la farine ne doit pas manquer.

— Dans ceux de nos quartiers qui sont les plus exposés aux projectiles, certains habitants déménagent et les autres restent malgré tout ; mais un grand nombre de ceux-ci jugent prudent de descendre le soir dans leurs caves pour y passer la nuit.

Nous avons visité hier l'un de ces dortoirs souterrains, et ce n'est certes pas l'une des moindres curiosités du siège.

Les ménages s'étaient casés, tant bien que mal, dans les compartiments divisés par les cloisons. Les femmes et les enfants s'étaient couchés tout habillés dans celles de ces cases qui leur avaient été affectées ; dans les autres, les hommes jouaient aux cartes, fumaient leurs pipes, lisaient le journal ou causaient politique. Chacun prenait d'autant mieux son parti de cette situation, qu'on n'avait plus besoin de faire du feu, tant la température était douce.

— Les mobiles ont surpris hier soir, sur le territoire d'Asnières, dans une maisonnette abandonnée, quatre Bavarois et Saxons occupés à se déguiser en paysans. Ces prisonniers ont été amenés à la place.

— Des feux de couleurs, sortes de signaux que l'on suppose adressés à l'ennemi, ont été aperçus sur différents points de Paris. Ils ont été désignés aux autorités militaires et municipales.

— On annonce que l'armée qui nous bloque va être renforcée par l'arrivée du prince Frédéric-Charles ; les Parisiens en concluent que l'armée prussienne se propose d'attendre auprès de Paris nos armées de secours. Cette bataille suprême déciderait-elle du sort de la France ?

— Extrait d'une lettre prise sur un Bavarois fait prisonnier, et datée de Clamart, 7 janvier :

Le feu a été ouvert par nos gros canons de siège. On aurait pu croire que le jugement dernier était arrivé. En l'espace d'une heure et demie, quatre-vingt-neuf obus ont été lancés, obus variant de poids depuis 24, 60, 110 et 219.

Dans le seul jour d'aujourd'hui, nous avons lancé huit mille obus et, afin de ne pas rester exposés au feu des forts, nous avons occupé les caves. Dans les maisons, pas une fenêtre n'a résisté ; c'était à croire à tout moment que tout allait s'écrouler. J'ai été bien heureux d'être au premier rang, car les obus sifflaient au-dessus de nos têtes et allaient frapper les Prussiens par derrière.

Notre artillerie tire si bien que, à trois heures et demie de l'après-midi, l'artillerie du fort d'Issy a été réduite au silence.

A neuf heures du soir, nous serons relevés par l'autre brigade et nous retournerons à Bièvres. Le feu a continué à tonner pendant toute la journée. Après avoir jeté les huit mille obus, on lancera, dans la nuit du 8, trois mille bombes incendiaires ; elles arriveront dans ce grand Paris et ôteront enfin du cœur de messieurs les Français ces éternelles espérances qu'ils trouvent toujours en eux.

Ce *sacré cochon de diable* de Paris, déjà depuis si longtemps endurant, finira enfin par se rendre.

— Les boutiquiers du quartier de l'Odéon ont eu l'excellente idée de mettre leurs magasins à l'abri du bombardement en établissant, sur les devantures, un fort blindage formé de sacs de terre disposés sur des planches horizontales, pour amortir le choc des obus et les empêcher de pénétrer à l'intérieur.

— Les dernières nouvelles de province nous

présentent la situation sous un aspect réconfortant. Si les Prussiens ont, à l'heure qu'il est, cinq armées disséminées sur notre territoire, nous en avons tout autant. L'une au Nord, a battu les Prussiens à Bapaume ; la seconde à l'Est, les a repoussés de Nuits et de Dijon ; la troisième, commandée par Bourbaki, semble s'avancer dans cette direction ; à l'Ouest et au Sud, Chanzy tient les Allemands en respect ; enfin la cinquième, c'est nous tous qui en faisons partie. Si la ligne de ravitaillement de l'ennemi était menacée, la situation changerait absolument : Paris serait en partie dégagé et l'on pourrait forcer les lignes ennemies. C'est peut-être ce qu'attend le gouvernement.

Pourquoi une partie des défenseurs de Paris ne sortiraient-ils pas pour se jeter sur les derrières de l'armée envahissante ? il resterait encore dans les murs assez de monde pour tenir continuellement les Prussiens entre deux feux.

— L'établissement du docteur Blanche, surmonté du drapeau de la convention de Genève, a été frappé de nouveau.

— Rapport militaire du 14 janvier au soir :

Le bombardement de la ville s'est étendu dans les quartiers de la rue Monge, Saint-Sulpice et de la rue de Varennes, pendant la journée du 14.

Il a été beaucoup moins vif contre les forts du Sud et les avancées.

Les mesures de surveillance les plus rigoureuses ont été ordonnées pour repousser toute attaque de l'ennemi pendant la nuit.

— Il y a eu aujourd'hui, dans la population civile, trente et une victimes dont quatorze tués.

DIMANCHE 15 JANVIER.

— Un rapport militaire nous apprend qu'une sortie a eu lieu vendredi soir, qu'elle n'a pas été poussée à fond, que nos troupes sont rentrées dans leurs lignes. L'ennemi, de son côté, aurait fait une attaque contre nos positions avancées du Drancy et aurait été énergiquement repoussé.

L'amiral Pothuau, dit le même rapport, a repoussé l'ennemi qui voulait prendre l'offensive du côté de la Gare aux Bœufs.

La première de ces affaires avait pour but une reconnaissance sur le Moulin de Pierre et la route de Fleury. Voici les détails de cette opération :

A dix heures du soir, les généraux Blanchard et Corréard, à la tête de plusieurs bataillons de mobiles de la Seine et de la Somme, d'un détachement de marins et de plusieurs compagnies de gardiens de la paix, se mettaient en marche.

Placés au premier rang, nos intrépides marins du fort d'Issy ont enlevé à la baïonnette un poste prussien situé à deux cents mètres de la gare de Clamart. Dirigée ensuite sur le Moulin de Pierre, la colonne, soutenue par l'artillerie de campagne, a engagé une vive fusillade avec l'ennemi, dont les bataillons serrés se massaient sur le plateau de Châtillon. Le but de la reconnaissance a-t-il été atteint? Le rapport militaire donne à entendre que non. Les officiers, dont nous reproduisons le récit, évaluent à plus de vingt-cinq mille hommes les forces prussiennes massées sur les hauteurs.

A deux heures du matin, nos troupes rentraient dans leurs campements. L'ennemi avait été repoussé sur plusieurs points; quelques Bavarois restaient entre nos mains; deux chevaux avaient été pris par nos artilleurs. Nos pertes sont peu sensibles.

Le 13ᵉ régiment de la garde nationale de Paris, qui a ses avant-postes à la hauteur du pont du Val, a joué un rôle actif dans cette reconnaissance en soutenant énergiquement le feu d'environ quinze cents Prussiens, dont le but évident était de tourner notre colonne d'observation.

7

— Jeudi et vendredi, les 162ᵉ et 254ᵉ bataillons de la garde nationale ont repoussé, par deux fois, avec un sang-froid digne de vieilles troupes, les Prussiens, qui comptaient ne trouver que des conscrits devant eux.

— Hier, samedi, à dix heures du matin, il est tombé un obus rue de Médicis ; deux personnes ont été blessées grièvement. Un autre obus est tombé devant l'Odéon. Après avoir tordu la flèche d'un paratonnerre du Luxembourg, ce projectile a labouré de ses éclats la façade de la rue de Vaugirard, nᵒ 20. Tout le quartier latin a été bombardé dans la journée.

— Aujourd'hui, le quartier Notre-Dame-des-Champs, ceux de la rue Vanneau et du Collège de France ont beaucoup souffert. La caserne de Babylone a été visitée par un obus qui a blessé quelques soldats. Plusieurs projectiles ont éclaté boulevard Saint-Michel, particulièrement à l'École des Mines, au nᵒ 13 et au nᵒ 123. Deux obus sont tombés aux Carmes, rue de Vaugirard.

Chez les frères Ignorantins, rue Oudinot, et au Sacré-Cœur, il est aussi tombé des projectiles.

— Rue Lecourbe, six femmes qui faisaient la queue à la porte d'une cantine municipale ont été tuées.

— Rue Blomet, à midi et demi, un obus énorme a mutilé huit personnes, dont trois gardes nationaux.

— Les forts du Sud ont subi un effroyable bombardement auquel ils ont répondu avec furie. Les bastions les ont aidés dans cette besogne. C'est par milliers qu'il faut compter les projectiles qui s'entrecroisaient sur ces positions.

— Dans la journée, un obus brise la façade en pierre de la maison rue Saint-Placide, à l'angle de la rue du Cherche-Midi.

— La nuit, le bombardement sur Paris est terrible. Nous comptons cent passages d'obus par heure, en moyenne. Et toujours, ces projectiles tombent sur les mêmes quartiers.

— Une vingtaine d'obus sont tombés dans un terrain vague du boulevard du Port-Royal ; cinq autres dans une cour attenant à une maison du même boulevard : dégâts insignifiants.

Au coin du même boulevard et de la rue Berthollet, un pauvre balayeur a été, vers onze heures, frappé en pleine poitrine. Plusieurs personnes qui entendaient venir l'obus, lui avaient crié: « Couchez-vous! » Il n'en eut point le temps. Il y a à terre une large mare de son sang. Le malheureux laisse une veuve et des enfants.

— Place du Panthéon, vers midi, de minute en minute, retentit le sifflement des projectiles. Deux d'entre eux viennent frapper une porte murée du collège Henri IV. A dix mètres de rayon, les pavés sont jonchés de débris.

Le premier de ces obus n'avait touché personne; malheureusement, une quinzaine de passants accoururent pour en ramasser les éclats, et, lorsqu'arriva le second, il fit de nombreuses victimes. Cinq hommes et deux enfants ont été transportés à l'ambulance de la mairie de l'arrondissement ; deux d'entre eux ont les jambes coupées, un autre a les intestins traversés; on désespère de les sauver. Un tambour du 98° a eu son képi emporté et a reçu une légère contusion à l'épaule. D'autres personnes sont légèrement atteintes.

— Lettre de M. Cernuschi, dans laquelle il s'engage à rétribuer, à raison de 20 francs par quintal métrique, toute personne qui découvrira du blé caché à confisquer par l'État, et qui aura fait à l'autorité la déclaration de sa découverte.

Bonne et patriotique idée : chaque morceau de pain est au moins aussi précieux qu'un projectile, pour prolonger la résistance.

— Le Drancy a été bombardé avec fureur. Des engagements ont eu lieu du côté du Bourget ; le fort d'Aubervilliers, après avoir éclairé de la lumière électrique les positions prussiennes, a appuyé le feu de nos gardes nationaux.

Paris, 13 janvier 1871.

PROTESTATIONS (1). — Nous, soussignés, médecins et chirurgiens de l'hôpital Necker, ne pouvons contenir les sentiments d'indignation que nous inspirent les procédés infâmes d'un bombardement qui s'attaque, avec une préméditation de plus en plus évidente, à tous les grands établissements hospitaliers de la capitale. Cette nuit, des obus sont venus éclater sur la chapelle de l'hôpital Necker, remplie momentanément de malades ; c'est le point central et le plus élevé de ce grand hôpital qui sert ainsi de point de mire aux projectiles de l'ennemi. Ce n'est plus là de la guerre : ce sont les destructions d'une barbarie raffinée qui ne respecte rien de ce que les nations ont appris à vénérer. Nous protestons au nom et pour l'honneur de la civilisation moderne et chrétienne.

DÉSORMEAUX, GUYON, POTAIN, DELPECH, LABOULBÈNE, CHAUFFARD.

L'Institution nationale des Jeunes Aveugles, sise Boulevard des Invalides, est un vaste bâtiment isolé, parfaitement visible à l'œil nu, des hauteurs de Châtillon et de Meudon. Ce bâtiment, hospitalisant deux cents blessés et malades militaires, et surmonté du drapeau de la

(1) Voyez Pièces justificatives : *Le tir sur les ambulances françaises.*

convention de Genève, a été le 12 janvier, à trois heures de l'après-midi, par un temps clair, visé et atteint par les canons prussiens. Plusieurs projectiles ont d'abord sifflé sur l'édifice et dans le voisinage ; puis, le tir ayant été rectifié, deux obus ont, coup sur coup, effondré l'aile gauche du bâtiment, en blessant trois malades et deux infirmiers. Des malheureux, atteints de fluxions de poitrine et de fièvres typhoïdes, ont dû être transportés dans les caves.

Le personnel médical de l'Institution proteste, au nom de l'humanité, contre ces actes de barbarie accomplis systématiquement par un ennemi qui ose invoquer Dieu dans tous ses manifestes.

> Drs ROMAND, inspecteur général des établissements de bienfaisance, directeur de l'Institution ; LOMBARD, médecin en chef de l'Institution ; DÉSORMEAUX, chirurgien en chef ; MÈNE, médecin traitant ; HARDY, id. ; CLAISSE, id. ; BACHELET, aide-major.

— Par suite du bombardement, le marché aux chevaux de boucherie se tiendra désormais à l'abattoir de la Villette.

— Aujourd'hui, à la Porte St-Martin, au bénéfice de l'ambulance du Théâtre, représentation dramatique, littéraire et musicale.

— Vingt-deux victimes ; sept tués.

LUNDI 16 JANVIER.

— Le 53ᵉ bataillon de la garde nationale présente à l'Hôtel-de-Ville six beaux canons fondus à ses frais. La Compagnie du chemin de fer de Lyon fait le même présent. Le journal le *Siècle* a fourni douze pièces, dues à ses souscripteurs. De nombreux dons de même nature ont déjà, nous l'avons vu, été faits par la population de Paris.

— Ce matin, à trois heures, le ballon-poste le *Vaucanson* s'élevait de la gare d'Orléans, emportant nos lettres et des pigeons-voyageurs.

— Trente et un chantiers de bois à brûler sont ouverts au public par les soins de l'autorité. Huit cents travailleurs embrigadés exécutent des coupes dans le Bois de Boulogne.

— M. Richard Wallace offre au gouvernement, qui accepte, cent mille francs pour venir au secours des familles obligées de fuir leurs logis placés sous le feu de l'ennemi (1).

De toutes les plantes rares qui étaient cultivées dans la belle serre des orchidées au Jardin des Plantes, on n'a pu sauver que deux camélias blancs.

(1) Voyez à l'Appendice : *Richard Wallace*.

Ces deux fleurs ont été offertes par les administrateurs du Jardin des Plantes à M. Richard Wallace, comme témoignage de gratitude pour sa généreuse conduite envers la population parisienne.

N'est-ce pas délicat et touchant?

— Des avant-postes, nous assistons à un duel d'artillerie formidable entre les batteries prussiennes de Châtillon, Bagneux et Meudon, et nos forts soutenus par les remparts. On place, au bastion 77, environ trente canons de 7 se chargeant par la culasse et deux énormes pièces de marine du poids d'environ chacune 7,000 kilog. Quelques obus, passant sur nos têtes, vont éclater sur Montrouge et Montparnasse.

— Le feu a été continu, mais lent, sur Nogent.

— Un obus a crevé le dôme du Panthéon, exactement au milieu, du côté du Luxembourg; il a ensuite éclaté dans l'édifice.

Rue Champollion, un obus a pénétré dans la brasserie du Bas-Rhin; un autre est tombé dans la maison en face et a traversé les cinq étages du bâtiment.

La colonnade de l'église Sainte-Geneviève a été brisée; la Sorbonne a reçu deux nouveaux projectiles.

— Un autre obus a éclaté 17, rue de Tournon ; trois étages de la maison ont été traversés, et le projectile est tombé tout enfariné dans une salle à manger, après avoir bouleversé quelques provisions de bouche appartenant aux parents de l'un de nos amis (1).

Autres maisons atteintes : 45, rue de Rennes ; angle de la rue de la Harpe ; rue de Constantine, etc.

— Sur divers points de la capitale, on vient d'installer des chauffoirs publics. Le combustible nécessaire est fourni par des voisins charitables qui se cotisent pour cette bonne œuvre, d'autant plus méritoire que les moyens de chauffage n'existent pour ainsi dire plus.

— Les ambassadeurs et chargés d'affaires des puissances étrangères restés à Paris, protestent contre le bombardement qui a eu lieu sans dénonciation préalable.

— Vingt et une victimes civiles, dont six tués.

— Un article du journal allemand l'*Augsburger-Post*, trouvé sur un ennemi tué, donne le résumé des forces de l'artillerie prussienne devant Paris assiégé :

D'ici au 14 janvier, dit cette feuille, 40 nouvelles compagnies d'artillerie de siège, chacune de 200 hommes,

(1) M. Heurtey, beau-frère de Paul Deroulède.

7.

vont arriver devant Paris, qui comptera alors au moins 25,000 hommes d'artillerie de siège.

Environ 1,500 canons des calibres les plus divers, les mortiers monstres qui ont fait leurs preuves devant Strasbourg, des pièces de 96 et de 48, des batteries de côte, des pièces de 24 et même de 12 seront alors en position.

Une quantité de munitions s'élevant à 750,000 charges est en partie devant Paris, et en partie en voie d'y être transportée.

Merci du peu !

MARDI 17 JANVIER.

— Aujourd'hui, le feu reprend avec violence. L'ennemi a tenté une attaque contre Bondy et a été repoussé. La redoute du Moulin-Saquet a été canonnée, mais notre artillerie a fait éprouver, en hommes et en chevaux, des pertes tellement sérieuses que les batteries prussiennes ont été démontées.

Nogent est bombardé : c'est l'habitude. La tenue de nos forts est excellente.

— Deux obus sont tombés au Ministère de l'agriculture et du commerce ; les projectiles atteignent aussi les maisons suivantes : rue de Rennes, 53, et plusieurs immeubles rue de Bagneux ; le boulevard des Invalides ; la

rue Barbey de Jouy; la rue de Vanves, où
deux personnes sont tuées; l'hôpital Cochin,
dont le médecin Bucquoy proteste énergiquement.

— Les Prussiens tirent beaucoup sur le bastion du Point-du-Jour, où plus de trente mille
projectiles ont été envoyés depuis le bombardement.

— Nuit terrible pour nos quartiers de la
rive gauche. Plusieurs obus atteignent encore
Grenelle. L'usine Cail en reçoit ; elle a déjà été
éprouvée fortement.

— Attitude de plus en plus calme des Parisiens. Cette tranquillité d'esprit est l'un des
côtés saillants de l'héroïsme de la population.
Mais le sentiment général est que le gouvernement est très irrésolu, et que nos chefs sont
insuffisants.

— Il part aujourd'hui un nouveau ballon
portant le nom de notre intelligent et dévoué
directeur des télégraphes, M. Steenackers.

— Les Parisiens plantent des salades autour
du fort de Vanves, pour ainsi dire dans les
nombreux trous que font journellement les
projectiles ennemis.

— L'abattoir de Grenelle a été fortement
éprouvé ; l'un de ses pavillons a été détruit,
l'autre n'a plus de combles.

— Pour la première fois, deux obus traversent la Seine et vont éclater sur le quai de Béthune, en face des n°s 32 et 34.

— Treize blessés civils, trois tués.

Le fort de Montrouge a quatre vingt-dix hommes hors de combat dont cinq officiers. Son feu ne se ralentit pas une minute.

MERCREDI 18 JANVIER.

— Le bombardement se ralentit ; la nuit est relativement calme.

Meudon tire sur les bastions du 6e secteur qui lui rendent deux coups pour un. Les forts du Sud, celui surtout de Vanves, canonnent avec succès les positions prussiennes.

— On rationne le pain à raison de 300 grammes par adulte, et de 150 grammes par enfant au-dessous de dix ans. La farine avec laquelle on fait notre pain noir se compose de 50 parties de blé, de 30 parties de riz, et de 20 parties d'avoine, le tout additionné de paille hachée et de balayures des greniers.

— Presque toutes les compagnies de guerre de la garde nationale partent depuis hier ; on s'attend à une nouvelle sortie. Si l'on pouvait enfin nous utiliser !

— Un obus tombant sur la place Saint-Germain-des-Prés a blessé un enfant ; d'autres projectiles sont tombés rue des Ciseaux, rue de Seine ; l'Entrepôt a pris feu, les dommages sont assez considérables. Auprès de cet établissement, rue des Fossés-Saint-Bernard, dans une maison dont le rez-de-chaussée est occupé par un café, un projectile perce la façade, traverse deux étages, tue deux femmes et met en fuite d'autres habitants qui ne sont que légèrement atteints.

— Un obus tombe rue de l'Arrivée.

— Un horticulteur du quartier de Lourcine reçoit onze obus dans son jardin.

— Huit obus éclatent rue de Rennes 127, 137 et 145, et sur la maison du coin à gauche, place de l'Embarcadère. Cette maison, dans laquelle le café de Versailles est installé, a beaucoup souffert.

— Le commerce des pommes de terre est déclaré libre, leur réquisition étant levée. Mais où donc en trouver ?

— Victimes civiles : vingt dont six tués.

JEUDI 19 JANVIER.

— Le ballon *La Poste de Paris* est parti à trois heures et demie du matin, emportant soixante-dix kilogr. de lettres et trois pigeons.

— Le roi de Prusse Guillaume a été proclamé empereur d'Allemagne, hier, à Versailles.

C'est pour se vêtir d'une pourpre teinte dans le sang que ce monarque, après avoir formellement déclaré qu'il faisait la guerre à un homme et non à un peuple, la continua de la façon la plus barbare, détruisant nos cités par le fer et la flamme et faisant disparaître des centaines de mille jeunes hommes, époux et fils que leurs femmes et leurs mères désolées ne reverront plus. Les cris des femmes et des enfants expirants sous des ruines auraient dû se mêler aux acclamations de la soldatesque qui souille le palais de Louis XIV, et parvenir ainsi aux oreilles de ce glorieux massacreur que le grand caricaturiste Daumier vient de nous montrer dans toute l'horreur de sa gloire. Guillaume dort et rêve : une plaine jonchée de cadavres est devant lui. La Mort tient le monarque d'une main ; de l'autre elle lui montre, en souriant de sa bouche sans lèvres, l'immense charnier. Cette puissante composition est un chef-d'œuvre impressionnant et terrible.

— Combat d'avant-poste sur la Marne, au pont de Champigny. Une compagnie de gardes nationaux, partie à la hâte de Joinville, force l'ennemi à la retraite. Nous avons cinq morts et douze blessés.

— Une bataille est engagée en avant du Mont-Valérien ; elle dure depuis ce matin. L'action s'étend depuis Montretout jusqu'à la Celle-Saint-Cloud.

Le général Leflô remplace le général Trochu, qui commande en chef la sortie.

PROCLAMATION. — Aux habitants de Paris. — L'ennemi tue nos femmes et nos enfants ; il nous bombarde jour et nuit ; il couvre d'obus nos hôpitaux ; un cri : Aux armes, est sorti de toutes les poitrines.

Ceux d'entre nous qui peuvent donner leur vie sur le champ de bataille marcheront à l'ennemi ; ceux qui restent, jaloux de se montrer dignes de l'héroïsme de leurs frères, accepteront au besoin les plus durs sacrifices comme un autre moyen de se dévouer pour la patrie.

Souffrir et mourir s'il le faut, mais vaincre.

Vive la République !

— Trois corps d'armée, ensemble plus de cent mille hommes et une puissante artillerie, sont engagés de notre côté. Le général Vinoy, à gauche, maintient d'abord Montretout et se bat ; à Garches, les généraux de Bellemare et Ducrot attaquent la Bergerie et Buzenval. Les troupes et la garde nationale rivalisent d'ardeur.

Bientôt nous occupons Montretout, les hauteurs au-dessus de Garches et celles de droite dans Saint-Cloud. Le général Ducrot soutient un fort combat de mousqueterie.

Un souffle d'espérance passe sur Paris.

C'est la première fois, dans cette bataille (à laquelle notre bataillon, faisant partie du 10e régiment de marche, put prendre une glorieuse part), qu'il a été donné de voir des citoyens équipés depuis un mois à peine, réunis fraternellement aux troupes de ligne et marchant avec elles contre l'ennemi retranché dans des positions très difficiles ; la garde nationale, dit le rapport militaire, « partage avec l'armée l'honneur d'avoir abordé ces positions avec courage, au prix de sacrifices dont le pays lui sera profondément reconnaissan »t.

A deux heures du matin, mise en marche des colonnes ; à quatre heures, arrivée aux abords des différents objectifs du combat. A cinq heures, ouverture du feu par les forts du Sud, les redoutes de la presqu'île de Gennevilliers, le Mont-Valérien. A sept heures, attaque et prise de la Malmaison par la ligne et la garde nationale réunies.

En même temps, avait lieu l'attaque du parc de Buzenval où l'ennemi s'était retranché de la façon la plus formidable ; chaque pan de mur, chaque arbre, tout obstacle enfin, était devenu un point de résistance.

A deux heures, nous étions maîtres du terrain sur tout le triangle dont Rueil forme le sommet, et la ligne de Fouillouse à la Celle-Saint-Cloud la base. Montretout était abandonné par l'ennemi et Garches occupé par nous après une résistance désespérée.

A quatre heures, mouvements offensifs des Prussiens repoussés.

Mais cette journée si bien commencée finit par un insuccès. Nos chefs font battre en retraite, comme toujours, devant l'artillerie puissante des Prussiens. Ils accusent Ducrot d'être arrivé trop tard. La vérité est que ce général fut arrêté par l'artillerie prussienne qui balayait la route qu'il devait franchir. Il fallut la forcer au silence; deux heures avaient été perdues.

Le manque d'audace de l'ennemi, pendant notre retraite, qu'il aurait pu gravement inquiéter, semble nous indiquer qu'il s'est affaibli comme nous le supposions, afin de lutter plus puissamment contre nos armées de province (1).

Mécontentement très prononcé dans la ville.

— Un pigeon arrivé ce soir apporte, dit-on, huit mille dépêches privées des départements.

(1) Voyez à l'Appendice : *Buzenval*.

— Ordre est donné de tenir ouvertes, même pendant la nuit, les portes d'entrée des maisons des quartiers bombardés, afin que ces maisons puissent servir aux passants de refuge et d'abri contre les obus. La mairie du VIe arrondissement, en cas d'inobservation de cet ordre, menace de faire enlever l'un des vantaux de ces portes.

— A neuf heures, deux nouveaux obus ont éclaté rue de l'Arrivée, 10 et 19; les rues de Vaugirard, de Rennes, Mayet, de la Barouillère, Lacépède, des Boulangers, Monge, Gay-Lussac, Poliveau, Cujas, sont labourées par les projectiles.

Rue d'Assas, n° 11, un obus éclate dans la boutique d'un miroitier, brise tout ce qu'elle renferme et traverse, en éclatant, la voûte des caves.

Rue de Fleurus, 22 et 24, les façades des maisons sont gravement endommagées; il en est de même rue Notre-Dame-des-Champs. Rue Delambre, 31, un projectile a pénétré par la lanterne du comble, et a coupé trois des étages de l'escalier.

Un artilleur a été coupé en deux dans la cour de l'École militaire.

— Le 121e bataillon de la garde nationale, de grand'garde aux tranchées de Romainville, a essuyé hier le feu pour la première fois. Les Prussiens ont fait pleuvoir sur lui un déluge d'obus. Ce bataillon, composé des habitants du faubourg Saint-Antoine, a montré une fermeté digne des plus grands éloges.

— Neuf blessés, pas de tués dans la population civile.

VENDREDI 20 JANVIER.

— La mairie de Paris annonce que des perquisitions seront faites chez les absents pour enlever les combustibles et les denrées alimentaires abandonnés. Il sera tenu compte de la valeur des marchandises à dire d'experts. Réquisition est faite, au nom de la ville, des logements des personnes absentes, afin de loger les habitants des quartiers bombardés.

— Le général prussien de Moltke, en réponse à une protestation à lui envoyée par notre gouvernement, et relative au bombardement de nos hôpitaux, répond qu'il n'a pas de ménagements à garder avec les Français qui, surtout depuis le 4 septembre, ont méconnu les lois de la guerre et les principes de l'humanité. Nous nous demandons dans quelles circonstances ; il faudra se rappeler cette réponse cruelle, mensongère et inhumaine (1).

Voyez à l'Appendice : *Une réponse de M. de Moltke.*

— Le château de la Malmaison a été complètement incendié par nos obus refoulant les Prussiens.

Jeudi, 9 h. 50 m. du soir.

DÉPÊCHE OFFICIELLE. — Notre journée, heureusement commencée, n'a pas eu l'issue que nous pouvions espérer.

L'ennemi que nous avions surpris le matin par la soudaineté de l'entreprise a, vers la fin du jour, fait converger sur nous des masses d'artillerie énormes avec ses réserves d'infanterie.

Vers trois heures, la gauche très vivement attaquée, a fléchi. J'ai dû, après avoir ordonné partout de tenir ferme, me porter à cette gauche, et, à l'entrée de la nuit, un retour offensif des nôtres a pu se prononcer. Mais la nuit venue, et le feu de l'ennemi continuant avec une violence extrême, nos colonnes ont dû se retirer des hauteurs qu'elles avaient gravies le matin.

Le meilleur esprit n'a cessé d'animer la garde nationale et la troupe, qui ont fait preuve de courage et d'énergie dans cette lutte longue et acharnée.

Je ne puis encore savoir quelles sont nos pertes.

Par des prisonniers, j'ai appris que celles de l'ennemi étaient fort considérables.

Général Trochu.

— Le bagage du pigeon arrivé hier, comprend six feuillets de collodion, dont trois sont consacrés à des dépêches militaires et les trois autres à des télégrammes privés. Chaque feuillet contient cent quarante-quatre petits carrés de texte, en caractères d'imprimerie réduits photographiquement à l'expression microscopique. Ces carrés sont grossis à la dimension d'une page in-18 ; chaque feuillet contient environ dix-sept cents dépêches, ce qui fait pour l'arrivage entier, de cinq à six mille télégrammes.

— Vanves et Issy sont fortement bombardés. Un nouvel obus tombe sur l'église Saint-Sulpice ; dix-huit de ces projectiles atteignent le Jardin des Plantes ; dégâts sérieux dans les galeries.

D'autres obus tombent : boulevard de Montrouge ; 83, rue Notre-Dame-des-Champs, rue de Sèvres, 87. La maison n° 9, rue des Missions, est en ruines. La rue des Écoles est atteinte aux n°s 38 et 40, ainsi que le Collège de France. Une femme est grièvement blessée, rue Descartes, n° 12 ; on signale trois autres blessés rue de la Montagne-Sainte-Geneviève.

Rue de la Parcheminerie, n° 7, à quelques pas de Saint-Séverin, un obus est venu éclater, vers une heure et demie après minuit, au milieu d'une chambre où reposait toute une famille réfugiée de Vaugirard. Deux enfants ont été tués, dont un garçon de quatorze ans et une petite fille de six ans, qui a été tellement hachée qu'il a fallu ramasser ses débris sanglants dans une serviette. Le père a été emporté mourant à l'ambulance de la rue Tournefort. Enfin la mère, blessée grièvement, a perdu la raison.

Avenue du Maine, près l'église Saint-Pierre, un obus a éclaté. Sur les remparts, deux terrassiers ont été tués ; un autre ouvrier a été blessé près la porte d'Orléans.

Nº 10, rue Couesnon, à Plaisance, deux projectiles ont réduit un ménage en poussière, et enlevé la tête d'un habitant.

Plusieurs obus sont tombés près de la Manufacture des tabacs et de nouveau sur les Jeunes Aveugles.

— La bourse est en baisse, le 3 % étant à 51 fr. 40.

— Quatorze victimes ; cinq tués.

SAMEDI 21 JANVIER.

— Le général Trochu, s'exagérant de beaucoup nos pertes dans la journée du 19, désignée sous le nom de *Bataille de Buzenval*, après avoir demandé des voitures *très solidement attelées et beaucoup de brancardiers* pour le transport de nos morts et blessés (1), réclame un

(1)   *Gouverneur à général Schmitz, au Louvre.*

Mont-Valérien, le 20 janvier 1871, 9 h. 30 mat.

Le brouillard est épais. L'ennemi n'attaque pas. J'ai reporté en arrière la plupart des masses qui pouvaient être canon-

armistice de deux jours. Les Prussiens accordent deux heures, « temps très suffisant », disent-ils.

Le journal le *Temps*, à propos de ce fait, s'exprime ainsi :

La dépêche du général Trochu ne peut avoir qu'un effet très malheureux, en donnant à croire à la population de Paris et aussi à l'ennemi, que la journée d'hier est un désastre ; de plus. elle indique, de la part du gouverneur de Paris, un certain découragement, une sorte de renonciation à poursuivre les opérations militaires ; or, en admettant, ce qui est très contestable, que cette idée soit juste. est-il bon de la publier et de la découvrir à l'ennemi (1) ?

— Pendant la nuit du 20 au 21, plus de deux cents obus ont été lancés par les batteries de Châtillon ; soixante-treize immeubles ont été atteints, un seul incendie a été signalé.

Une vingtaine d'obus tombent sur nos quartiers du VI⁰ arrondissement; le quartier des

nées des hauteurs. quelques-unes dans leurs anciens cantonnements. Il faut, à présent, parlementer d'urgence à Sèvres pour un armistice de deux jours qui permettra l'enlèvement des blessés et l'enterrement des morts.

Il faudra pour cela du temps, des efforts, des voitures très solidement attelées et beaucoup de brancardiers. Ne perdez pas de temps pour agir dans ce sens.

(1) Voyez à l'Appendice : *Buzenval, une malheureuse dépêche.*

Invalides a encore souffert. Quatre obus ont
éclaté sur un lavoir à Grenelle.

— Ordre du jour du général Clément Thomas, commandant supérieur de la garde nationale, rendant hommage au courage dont les
citoyens armés ont fait preuve, dans la bataille
du 19. Leurs troupes, encore habituées aux
douceurs de la vie civile, mises sac au dos le
soir, marchèrent toute la nuit et furent lancées
le matin sur l'ennemi, sans avoir pris de nourriture. Cela valait bien un ordre du jour.

— Dans cette bataille, les projectiles prussiens, non seulement atteignaient nos ambulances, mais les visaient si bien qu'on a dû en
retirer les drapeaux qui les signalaient à l'at-
tention de l'ennemi. (Affirmation de l'*Opinion
nationale*.)

— Rue de Vanves, un officier d'artillerie a
été mis littéralement en morceaux.

Quelques projectiles sont tombés rue de
Tournon et près de la gare de Montparnasse
qui sert toujours d'objectif à l'ennemi.

Ont été atteints : les Sourds-Muets, la caserne
de l'Ourcine, les rues Monge, du Fer-à-Mou-
lin, des Feuillantines, l'avenue des Gobelins, la
rue Boulard, l'asile des aliénés de Sainte-Anne,
l'École polytechnique, qui a reçu trois obus
dans la petite cour du Parloir et dont l'infir-

merie a été fortement endommagée, les rues d'Arras, Cuvier, l'hôpital du Val-de-Grâce, le théâtre de l'Odéon et, pour la troisième fois, les Jeunes Aveugles.

Un obus est tombé rue Saint-Jacques, 328; depuis huit jours, c'est le troisième qui visite cette maison.

— Au Collège de France, un obus tombe au pied de la chaire du professeur Levasseur qui faisait son cours. Il se lève, et, après s'être assuré que personne n'est frappé, continue froidement. Aucun de ses élèves n'a abandonné la leçon.

— La maison de la rue d'Enfer, n° 40, reçoit son cinquième obus.

— M. le marquis de Coriolis, volontaire âgé de soixante-six ans, a été tué jeudi, à la Malmaison; deux balles l'ont atteint, l'une à la tête, l'autre au cœur. Salut au vieux brave, mort pour la patrie !

— On apprend que Chanzy, après deux jours de brillants combats près du Mans, a dû se replier derrière la Mayenne, après avoir perdu 10,000 hommes et douze canons. Encore un insuccès !

— Le ballon-poste le *Général-Bourbaki* part à cinq heures du matin, emportant 125 kilogrammes de lettres et quatre pigeons. Il y a eu,

8

depuis le commencement du siège, cinquante-
deux départs de ballons; trois d'entre eux seulement ont été pris par l'ennemi.

— Les omnibus ne montent plus le boulevard Saint-Michel, devenu redoutable. Ceux
de la place de l'Odéon s'abritent derrière le
théâtre, ce qui n'est que tout juste sûr.

— Le bombardement de Saint-Denis commence. Il est des plus terribles ; la ville est en
feu.

— Le feu contre le sud de Paris est violent; nos
forts répondent vigoureusement. Nous faisons
sauter une poudrière prussienne à Châtillon. Le
National affirme qu'au même endroit, trois
canons Krupp ont été démontés par notre artillerie, et qu'à Meudon, quantité de pièces ont
subi le même sort. Le fort de Nogent est toujours canonné sans grands résultats.

Depuis quelques jours, l'ennemi nous envoie,
en même temps que des obus, des boulets
pleins.

— La ville compte quatorze victimes dont
six tués.

DIMANCHE 22 JANVIER.

— Dès le 21 au soir, le général Vinoy a
remplacé le général Trochu dans le commandement en chef de l'armée de Paris. Le géné-

ral Trochu reste président du gouvernement. Les fonctions de gouverneur de Paris cessent d'exister. Décidément, LE GOUVERNEUR DE PARIS NE CAPITULERA PAS (1) !

— Le bombardement a duré toute la journée; bataille d'artillerie formidable entre nos forts et Châtillon.

La nuit, notre quartier a été fortement éprouvé ; de minuit à minuit et demi, soixante-huit obus éclatent dans un rayon d'environ trois cents mètres.

— On nous annonce, mais non officiellement, qu'il y a encore, dans nos magasins, pour quarante jours de vivres.

— A dix heures du matin, un obus tombe rue Perceval, dans la chapelle d'un couvent; un autre éclate aux Docks de la cordonnerie, auprès de là. Les projectiles arrivent rue du Regard, 6; rue Dupin; rue Lacépède, 39; rue Monge ; au Jardin des Plantes ; boulevard du Port-Royal; rues du Champ-d'Asile, Daguerre, du Moulin-Vert, de la Tombe-Issoire, des Artistes; avenue d'Orléans; rues de la vieille Estrapade, du Val-de-Grâce, des Lyonnais, des Feuillantines, d'Enfer 25 et 35, Berthollet, Saint-Jacques, Rousselet; dans le Luxembourg, etc., etc.

(1) Voyez la proclamation aux citoyens de Paris, p. 70.

La nouvelle église de Montrouge a reçu un obus à la gauche de son portail.

Rue Saint-Jacques, 301, à midi et demi, plafonds et parquets défoncés. Rue Sarrazin, la toiture d'une maison et quatre plafonds sont traversés ; le projectile a tué une femme en lui coupant la tête et le bras gauche.

Rue Bénard, la façade de la maison n° 23 a été complètement défoncée.

L'hôpital de la rue de Lourcine, où se trouvent trois cents blessés, a reçu cinq obus.

— Après avoir délivré Flourens et quelques autres détenus politiques à la prison Mazas et essayé d'organiser un gouvernement à la mairie du XX° arrondissement, le parti ultra-républicain marche sur l'Hôtel de Ville. Des coups de fusil sont échangés ; les insurgés tirent des bâtiments de la place, la mobile bretonne riposte. Mais l'insurrection avorte ; le commandant révoqué Sapia est tué, les barricades peu nombreuses, du reste, sont bientôt détruites, et tout rentre dans l'ordre. La façade de l'Hôtel de Ville a reçu une centaine de balles ; il y a environ vingt morts.

Ce triste combat a eu lieu au bruit des obus ennemis pleuvant sur les quartiers de la rive gauche. Il a duré environ vingt minutes ; son feu répondait aux canons prussiens !

Le maire de Paris adresse la proclamation suivante aux commandants des neuf secteurs :

Paris, 22 janvier 1871, 4 h. 52 du soir.

Quelques gardes nationaux factieux, appartenant au 101ᵉ de marche, ont tenté de prendre l'Hôtel de Ville. Ils ont tiré sur les officiers de service et blessé grièvement un adjudant-major de la garde mobile. La troupe a riposté, l'Hôtel de Ville a été fusillé des fenêtres des maisons qui lui font face de l'autre côté de la place et qui étaient d'avance occupées. On a lancé sur nous des bombes et tiré des balles explosibles.

L'agression a été la plus lâche et la plus odieuse d'abord au début, puisqu'on a tiré plus de cent coups de fusil sur le colonel et ses officiers au moment où ils congédiaient une députation admise un instant avant dans l'Hôtel de Ville. Non moins lâche ensuite, quand après la première décharge, la place s'étant vidée, et le feu ayant cessé de notre part, nous fûmes fusillés des fenêtres en face.

JULES FERRY.

Le même fonctionnaire adresse la lettre suivante aux vingt maires de Paris :

Paris, 22 janvier 1871, 5 h. 45 du soir.

L'Hôtel de Ville a été attaqué par une compagnie du 101ᵉ de marche, au moment où une délégation, qu'on venait de recevoir amicalement, redescendait et venait de franchir la grille.

8.

A ce moment, le colonel commandant l'Hôtel de Ville et deux de ses officiers qui étaient occupés, entre la grille et le bâtiment, à parler aux groupes, assez peu nombreux d'ailleurs, ont été assaillis par une vive fusillade. L'adjudant du bataillon de garde mobile est tombé frappé de trois balles. C'est alors seulement que les mobiles ont riposté.

La place se vida en un instant, et le feu cessa du côté des défenseurs de l'Hôtel de Ville, mais les maisons qui font face des deux côtés du bâtiment de l'Assistance publique étaient occupées d'avance et une nouvelle et plus vive fusillade partit de leurs fenêtres, dirigée sur le premier étage de l'Hôtel de Ville, qui en porte les traces.

Il est à noter que parmi les projectiles, on a trouvé beaucoup de balles *explosibles* et de petites *bombes* (1). L'arrivée de la garde nationale et de la garde républicaine a mis fin à tout. On a arrêté douze gardes nationaux et un officier embusqués dans les maisons. Un capitaine du 101e de marche a commandé le feu avec l'ex-commandant Sapia.

JULES FERRY.

— Le sucre est tarifé. Son prix est fixé à un franc le kilogramme.

— Pendant la nuit du 21 au 22, deux incendies seulement ont été signalés. Paris compte quatorze victimes dont une tuée.

— A Saint-Denis, sept victimes dont quatre

(1) Ceci a été fortement contesté.

tués ; parmi ces derniers, sont trois enfants
âgés de un à quatre ans.

— Départ à 3 heures 15 du matin du ballon-
poste le *Général-Daumesnil*, emportant 380 kilog.
de lettres et quatre pigeons. En partance : le
Toricelli, le *Général-Cambronne*. En construction : le *Réaumur*, le *Montyon*.

— L'asile des aliénés de Sainte-Anne, ayant
reçu trente-cinq obus en deux jours, ce qui
dénote un tir systématique, envoie la protestation suivante :

Paris, 22 janvier 1871.

Nous, directeur et médecins soussignés de l'asile
Sainte-Anne, sommes à notre tour dans le devoir de
joindre notre voix à la voix indignée de nos collègues
des hôpitaux et hospices de Paris contre le bombardement
dont notre établissement est victime.

Depuis 24 heures, nous sommes en butte à l'égarement
systématique et calculé des bombes prussiennes. Plus
de trente obus sont tombés dans les cours intérieures,
sur les bâtiments occupés par 600 malades, ainsi que
sur l'ambulance ouverte aux blessés militaires français
ou prussiens.

Sur ces bâtiments couverts de ruines, flotte inutile-
ment, comme une dérision, le pavillon de la convention
de Genève.

BAYEUX, directeur ; P. LUCAS. DAGONNET,
médecins en chef ; MAGNAN, BOUCHE-
REAU, médecins ; de CESTI, chirurgien.

— Lisons une lettre de M. Vitet, fort curieuse sur les effets produits par le bombardement :

Cent mille projectiles sont tombés sur Paris. Qu'en est-il résulté ? Nos forts et nos remparts sont à peine effleurés, et dans la ville, si nous n'avions pas à pleurer tant d'innocentes victimes, les dégâts matériels sont plutôt nombreux qu'irréparables. Mais quelque chose est plus intact encore que les forts et que la ville, c'est justement ce dont les bombardeurs croyaient le mieux triompher, ce qui ne leur semblait pouvoir survivre à deux décharges d'obusiers : LA FERMETÉ MORALE DES HABITANTS DE PARIS. Je défie qu'on me trouve une échoppe, aussi bien qu'un somptueux hôtel, une boutique, une mansarde, aux faubourgs comme au cœur de la ville, un lieu quelconque où s'abrite un cœur d'homme ou de femme, à qui cet odieux vacarme et ces atrocités n'inspirent moins de trouble que d'exaspération. Ils n'ont pas tous même courage, même mépris du danger; mais l'idée que la résistance en doive être abrégée d'un seul jour, cette idée n'entre chez personne, tenez-le pour certain.

Voilà des paroles justes, rigoureusement vraies, et de plus profondément patriotiques.

— Départ d'un deuxième ballon-poste, le *Lavoisier*. Lancé de la gare d'Orléans par les frères Godard, il emporte un aéronaute, le marin Ledret, plus un voyageur, 175 kilog. de lettres et six pigeons.

LUNDI 23 JANVIER.

— Bombardement lent, mais continu sur Vaugirard et Grenelle. C'est la batterie des marins du septième secteur qui a fait sauter la poudrière de Châtillon.

— Les obus atteignent l'institution Dumay, au coin de la rue de Bagneux ; la maison Constant, à l'ancienne barrière Montparnasse; le restaurant du Puits-Rouge, à la route d'Orléans; les boulevards Arago, St-Jacques, du Port-Royal, l'avenue Lowendahl, la place Vauban.

Boulevard de Vaugirard, 55, un projectile est entré par la croisée et a coupé une jeune fille en deux. Rue de Vaugirard, 206, deux femmes ont été blessées; l'une d'elles a eu les deux jambes emportées. Rue de la Tombe-Issoire, une femme de 71 ans a eu les deux bras cassés aux coudes. La boutique d'un coiffeur, chaussée du Maine, 51, est brisée; deux hommes y ont été blessés.

Les projectiles pleuvent sur l'hospice des Petits Ménages à Issy, quoique le drapeau des ambulances flotte au clocher de la chapelle de cet établissement.

— La mortalité est de plus en plus considérable à Paris. Pour cette semaine, on signale une augmentation de 483 décès sur la semaine dernière. Il y a eu 421 cas de petite vérole.

— La proclamation suivante est affichée :

Citoyens,

Un crime odieux vient d'être commis contre la Patrie et contre la République. Il est l'œuvre d'un petit nombre d'hommes qui servent la cause de l'étranger. Pendant que l'ennemi nous bombarde, ils ont fait couler le sang de la garde nationale et de l'armée, sur lesquelles ils ont tiré.

Que ce sang retombe sur ceux qui le répandent pour satisfaire leurs criminelles passions!

Le Gouvernement a le mandat de maintenir l'ordre, l'une de nos principales forces en face de la Prusse.

C'est la cité tout entière qui réclame la répression sévère de cet attentat audacieux et la ferme exécution des lois.

Le Gouvernement ne faillira pas à son devoir.

Signé :

Les membres du Gouvernement de la défense nationale, les ministres et les secrétaires.

— Le général Vinoy adresse à l'armée de Paris une proclamation qui paraît faible et découragée. Il déclare accepter le commandement « parce qu'il est soldat et parce qu'il doit obéir ».

— Par décret, les clubs sont supprimés jusqu'à la fin du siège ; les locaux de leurs séances
sont fermés. Les journaux révolutionnaires le
Réveil et le *Combat* sont aussi supprimés.

— Les habitants de Saint-Denis fuient devant
les obus. La ville est dans le plus triste état.
Le Dépôt de mendicité reçoit soixante obus ; le
feu y prend onze fois. On ne voit là que des
toitures effondrées, des façades éventrées. Les
avant-postes sont abandonnés, les positions
n'étant plus tenables. On peut évaluer à mille
le nombre de projectiles reçus par le fort de la
Briche, qui a à supporter le feu croisé de six
batteries. Un ouvrier de l'usine Claparède
rentre à son logis pour prendre son repas
en famille. Ils étaient sept à table, le père,
la mère et cinq enfants. Un obus tombe, tue
le père et trois enfants, et blesse mortellement la mère.

— Réflexions du *Moniteur universel*, journal
extrêmement modéré :

Tout le monde demande pourquoi le général Trochu
a sollicité un armistice de deux jours ; pourquoi ses
proclamations et ses rapports ont toujours des airs de
De profundis ; pourquoi ce lugubre mysticisme qui met
à toutes choses des cadres noirs et des tentures de cata-
falque...

La population parisienne sait ce que lui coûtent les

batailles et le bombardement. Elle sait quels sacrifices elle doit faire encore, et ce qu'elle a fait répond de ce qu'elle fera.

Aussi a-t-elle droit à de plus mâles paroles.

Aux lamentations inutiles, elle répond par un seu mot: « De l'action! de l'action! toujours de l'action! »

300 grammes de pain, c'est peu ; mais c'est assez avec de braves paroles et des actes qui sont des actes de foi!

— Les blés réservés jusqu'ici pour les semences, sont arrivés à la Halle depuis quelques jours. Le pain est un peu meilleur.

— Le séminaire d'Issy a reçu, dans la nuit du 20, environ soixante projectiles ; le réfectoire est entièrement ravagé, la bibliothèque détruite.

— Combat d'avant-poste au pont de Champigny où figure la garde nationale qui compte cinq morts et douze blessés.

— L'établissement des Petites sœurs des Pauvres, rue Notre-Dame-des-Champs, a reçu la visite d'un obus. Il y a là deux cents vieillards! Les débris du projectile, après avoir brisé une fenêtre, ont pénétré dans la lingerie et y ont causé des dégâts, sans toucher les deux sœurs qui s'y trouvaient.

Rue des Lyonnais, une maison a été détruite de fond en comble.

— Aujourd'hui, Paris a trente-deux immeubles atteints. A Saint-Denis, trente victimes dont quinze tués ; deux incendies.

— Un industriel invente « le blindage d'appartement », fait de cartons en feuilles, qui se livre rue du Cardinal-Lemoine, et se vend 45 fr. les cent kilogrammes.

MARDI 24 JANVIER.

— A deux heures du matin, deux obus tombent sur la rue des Fourneaux et sur l'abattoir aux porcs.

Barrière d'Enfer, 34, un projectile brise le pignon de gauche de la maison et vient éclater sur la place.

— De réserve devant la mairie du XIV° arrondissement, quelques obus passent au-dessus de nos têtes ; l'un d'eux semble éclater sur l'hospice La Rochefoucault.

Un obus tombe à la porte d'Orléans et fait trois victimes. Nous voyons emporter un garde national tué par ce projectile.

— Les obus pleuvent avenue des Gobelins, rues de la Collégiale, Berthollet, Watteau, boulevard Saint-Michel, rues du Val-de-Grâce, d'Enfer, des Lyonnais, boulevard de Montrouge, rues du Regard, de Sèvres, du Four, d'Assas, sur l'une des tours de l'église Saint-Sulpice, etc. Avenue d'Orléans, devant l'état-major du

9

8ᵉ secteur, un fourrier qui venait de prendre l'ordre, est blessé. Le vaguemestre des mobiles de Saône-et-Loire, évadé d'Allemagne après avoir été fait prisonnier à Sedan, est tué par le même projectile. Au nº 16 de cette avenue, un obus éclate dans la chambre d'une vieille femme qui est retrouvée sans blessures, sous un amas de décombres.

Boulevard Saint-Michel, nº 147, le concierge et quatre passants sont blessés ; deux personnes y sont tuées.

— A neuf heures et demie du soir, un projectile allume un incendie terrible rue de la Glacière, 73, dans une fabrique de papiers qui est complètement détruite. Nous protégeons les habitations voisines, et nous aidons les pompiers à éteindre ce feu qui sert de point de mire aux Prussiens. Ils tirent dans notre direction, mais ne nous atteignent pas. Divers immeubles, très rapprochés de nous, reçoivent des obus.

Après un travail acharné qui a duré toute la nuit, il nous est impossible de trouver un morceau de pain dans le quartier de la Glacière. Nous avions cependant un bel appétit !

— Plusieurs obus tombent dans le fort de Vincennes.

— L'ennemi continue à envoyer des boulets pleins.

— Bismarck répond à la protestation des ambassadeurs et chargés d'affaires, que le bombardement de Paris n'est pas du tout contraire au droit des gens, et que, s'il est devenu nécessaire, la faute en est aux hommes d'État qui ont transformé en forteresse la capitale d'un grand pays (1). Avec la réponse de de Moltke, que nous avons notée le 20, celle-ci nous prouve que l'Allemagne intelligente et profonde d'autrefois n'existe plus. Qui reconnaîtrait, devant de pareilles assertions, la nation qui enseignait l'idéalisme, la foi dans l'humanité, les saintes obligations du devoir et de la morale?

Quel tableau!

Trois vieillards sinistres (2), costumés en reîtres, crachent leur mitraille sur une ville qui renferme des penseurs comme Louis Blanc et Victor Hugo, des écrivains brillants comme Théophile Gautier et Théodore de Banville, mille artistes sans rivaux, une population d'élite. Et ces cœurs stupides crient, au pied des remparts de la cité qui gémit sous leurs coups : « C'est bien fait, il ne fallait pas vous enfermer! »

Impossible d'être plus... tudesque que ces trois grands meurtriers.

(1) Voyez la lettre de M. de Bismarck. *Pièces justificatives.*
(2) Guillaume, Bismarck et de Moltke.

— En relisant la proclamation du général Vinoy, il nous semble qu'il paraît plus préoccupé de combattre les illusions patriotiques que d'enflammer les courages. Où en sommes-nous donc, et quel est le moment critique dont il nous parle ?...

— Le bombardement de Saint-Denis redouble d'intensité. Il y a eu quinze tués et quinze blessés dans la nuit du 22 au 23.

— L'asile Sainte-Anne a reçu trois nouveaux obus aujourd'hui.

Le mur de l'infirmerie a été percé ; plusieurs lits où se trouvaient des malades ont été recouverts de platras ; un obus a fait explosion au quartier des paralytiques, et c'est par une sorte de miracle qu'aucun de ces malheureux n'a été atteint.

Du belvédère qui domine le bâtiment central, on a fait, la nuit, des observations sur le tir de l'ennemi ; il en résulte que les projectiles tombant sur le quartier de la Glacière et les alentours de la place d'Italie, sont lancés par une batterie placée au-dessus de Bagneux.

— Dans la maison d'un charron, située à l'angle des rues Cabanis et Broussais, une terrible catastrophe a eu lieu hier. Un obus est tombé en plein atelier ; il s'y trouvait trois ouvriers. Le premier a été comme foudroyé ; il est mort instantanément. Le second a eu la tête fracassée et les deux jambes horriblement mutilées ; on l'a transporté à l'hôpital Cochin, mais, durant le trajet, il a rendu le dernier soupir. Le troisième, très grièvement blessé au genou et à la poitrine, est dans un état désespéré. Il a été transporté à l'ambulance de la Tombe-Issoire.

— On évalue à deux mille au plus, le nombre des tués et blessés français dans l'affaire du 19.

— Les élèves du lycée Condorcet demandent à prendre part à la défense de Paris.

— Départ du ballon-poste le *Toricelli*. Il se dirige vers la Belgique avec 250 kilog. de lettres et trois pigeons.

— Arrestation de trois espions prussiens.

— Vingt-deux victimes civiles ; quarante et un immeubles atteints.

MERCREDI 25 JANVIER.

— Bruits de trahison. On parle de capitulation, et l'on prétend que Gambetta s'est brûlé la cervelle.

— Le rapport militaire du 24 indique que les assiégeants déploient plus d'activité, que de nouvelles batteries sont installées du côté de

Montretout et de Meudon. Il déclare que nos travaux de tranchées ont été contrariés par la pluie et que ceux de l'ennemi continuent entre Châtillon et Bagneux. C'est peu encourageant.

— Grands mouvements de troupes ennemies du côté de Villiers et du Nord. Le fort de Nogent est attaqué par deux nouvelles batteries construites à 3,500 mètres de distance.

— A Saint-Denis, le bombardement continue avec violence ; la résistance est ferme et dévouée.

— Les forts réparent leurs avaries. Bicêtre complète son armement pour répondre aux travaux que fait l'ennemi à Sceaux.

— Deux batteries nouvelles nous attaquent au Drancy et à Aubervilliers.

— On prétend que les Prussiens ont annoncé pour demain l'envoi de bombes au pétrole. Ce n'est pas la première fois que nous recevons de ces nouvelles à sensation. Paris ne s'intimidera point pour si peu.

— Delescluze et cent personnes environ sont arrêtés et écroués au fort de Vincennes. (Affaire de l'hôtel de ville.)

— La maison du n° 39, rue Lafayette, est atteinte ; c'est son troisième obus depuis huit jours.

Rue Poliveau, une femme a été éventrée;

son fils a eu les reins brisés et une jambe coupée.

— On signale des blessés rue des Gobelins, rue Clisson, place d'Italie. Une maison est enfoncée rue Censier. Dégâts, souvent considérables, rue Nicolle, boulevard du Port-Royal, rues Dunois, Saint-Placide, 10, de Seine, 74 et 129, rue de Médicis, place du Panthéon, rues de Vanves, Rataud. Nouveaux obus sur l'église Saint-Sulpice et dans le Séminaire. Boulevard de la Gare, un homme est tué, un autre blessé. Un homme est littéralement haché, boulevard Saint-Michel, 145. Un autre a le crâne fendu près de l'une des grilles du Luxembourg. Boulevard du Port-Royal, un homme a la tête brisée ; sa femme est devenue folle.

— Plus de dix mille obus sont tombés sur Saint-Denis dont soixante environ sur sa belle cathédrale (1). Si ce bombardement continue, la ville aura existé ; la population le sait, mais ne veut pas se rendre.

— Les journaux du soir parlent de négociations officieuses entamées entre le gouvernement et l'ennemi, à la suite de résolutions arrêtées en conseil dimanche soir. Ils ajoutent qu'une

(1) Il en est tombé quinze mille en tout, dans un espace de six jours, sur cette ville.

communication de M. de Bismarck doit être
arrivée hier.

Paris-Journal demande formellement au gouvernement si tout cela est vrai ; il l'accuse de
vouloir répandre le bruit que le moment où le
pain va nous manquer est proche, quoiqu'il y
ait encore en magasin des approvisionnements
considérables de grains divers.

« Nous croyons, nous, d'après des renseignements certains, qu'il y aurait du pain si on le
voulait bien, du pain noir bien entendu, fait de
riz, d'avoine, de seigle, d'orge, peut-être même
d'un peu de blé, *du pain de siège* en un mot,
jusqu'au 15 mars. Mais il paraît que l'on s'y est
pris trop tard pour la mouture, que l'on manque
de meules, que la variété des grains dont se
compose notre farine complique les opérations
de la boulangerie, et que surtout l'emploi du
riz retarde et gêne la fabrication du pain. Ces
causes réunies, ainsi que la prévision du temps
nécessaire au ravitaillement de deux millions
d'hommes, engageaient à nous faire dire par les
maires : *Passé le 6 février, le pain peut manquer.*
M. Ferry a autorisé hier cette déclaration : *Il
n'y a de pain que jusqu'au 3 février.* »

Le journal dont nous venons de citer un extrait
termine ainsi : « Pour nous, nous continuerons
à répéter encore : Résistance, résistance jus-

qu'au dernier morceau de pain et jusqu'à la dernière cartouche ! »

— Que de tristesses ! Cependant, Paris rit encore dans ses moments perdus. Je viens d'entendre ceci : « Et le plan Trochu ? Celui qui réussit, c'est celui des Prussiens, qui n'ont rien déposé chez le notaire (1). »

Hélas, ce général, qui devait nous mener à la victoire, a d'abord perdu deux longs mois sans se décider à faire fondre des canons ; il a laissé l'armée languir dans l'inaction, et l'indiscipline, suite de ce désœuvrement, envahir nos troupes ; il n'a rien su faire pour troubler l'installation de l'ennemi ; enfin, quand les forces prussiennes eurent bien enveloppé Paris, il n'a pu que tenter, pour briser cette étreinte, ce qu'il déclarait impraticable : *la trouée,* telle que la décrétaient les clubs.

En quoi consistait donc le fameux plan du général ?

— Le café d'Harcourt, au coin de la place de la Sorbonne et du boulevard Saint-Michel, a reçu avant-hier trois obus, qui ont fait autant d'énormes trous dans la devanture. Le pro-

(1) On sait que le général Trochu, qui se déclarait soldat, catholique et Breton, avait déposé un plan de défense chez son notaire. Cela n'est pas une fable, comme on pourrait le supposer, c'est, au contraire, tout ce qu'il y a de plus véridique.

priétaire du café n'en a pas moins laissé son établissement ouvert ; mais, au-dessus de chaque orifice béant, il a fait placer un drapeau tricolore et a écrit ces mots : *Vive la République !*

— *De notre nourriture* : Maintenant que le chien, le chat et le rat se vendent couramment dans nos halles au grand jour, on demande que ces viandes soient inspectées sérieusement, ces animaux étant sujets à de nombreuses maladies contagieuses.

On a tort de dire que l'usage de la viande de cheval cause des dysenteries. Elle est très saine.

Bonne recette pour faire de la soupe au fromage. Remplacez-le par quelques gouttes d'*essence de valériane* ; elle a absolument l'odeur du vieux gruyère.

— Nous lisons dans un journal qui publie les *Papiers et la Correspondance de la famille impériale*, que les canons Krupp, qui bombardent Paris depuis bientôt un mois, ont valu à leur inventeur l'un des trois grands prix de la classe 40 à l'Exposition universelle de 1867, et la croix d'officier de la Légion d'honneur. « Ces canons, qu'on a décorés, dit M. Paul de Saint-Victor, reviennent, trois ans après, battre nos remparts et nous renvoient, fondue dans leur premier boulet, la médaille qu'on avait stupidement jetée dans leur gueule de bronze. »

— Trois tués dont une femme.

JEUDI 26 JANVIER.

— Mauvaises nouvelles des armées de province ; celle de la Loire aurait perdu, dit-on, vingt-deux mille hommes et dix-neuf pièces de canon ; Bourbaki n'a pu débloquer Belfort ; neuf mille hommes de l'armée du Nord ont été faits prisonniers.

Toutes nos armées battent en retraite !

— Le bombardement continue surtout sur Auteuil et le Point-du-Jour. La question des vivres apparaît sous une forme menaçante. Le gouvernement, affirme-t-on de tous côtés, a entamé des négociations tendant à la conclusion d'un armistice. On parle de trois semaines d'arrêt dans les opérations militaires, d'un ravitaillement de Paris, et de la convocation d'une assemblée nationale.

— A Saint-Denis, la nuit du 25 au 26 a été assez calme. Cependant trois personnes encore ont été atteintes mortellement. Dix projectiles ont éclaté sur la gare : il y a eu là des dégâts sérieux.

— Il est tombé, dans la même nuit, cent trente-

sept obus sur la rive gauche, dont quinze sur
les hôpitaux du Val-de-Grâce et de Sainte-
Anne. Dans ce dernier hôpital, un employé a
été blessé grièvement.

La maison n° 45, rue Dareau, est horriblement
dévastée. Un bâtiment est démoli rue de la Tombe-
Issoire, 61. Rue Sarrazin, 6, une petite fille de
neuf ans a la tête broyée; un homme a les deux
cuisses coupées, avenue d'Italie. Boulevard
Montparnasse, une femme a été tuée par un éclat
d'obus qui lui a traversé les reins et le ventre.

Les projectiles tombent boulevard de la Glacière, rues d'Alembert et Friant, avenue d'Italie,
à l'Entrepôt, au Jardin des Plantes, boulevard
Saint-Michel, rue de Rennes, boulevard Montparnasse, rue du Regard 8, où l'obus traverse
le mur mitoyen, et brise tout le mobilier, les
portes et les fenêtres chez M. Boildieu.

Boulevard de la Gare, une pauvre petite fille
est tuée au moment où elle tendait à sa mère
le pain qu'elle venait de recevoir du bou-
langer.

Les rues de Lourcine, de Vanves, du Gay-
Trouin, Mayet, de l'Odéon, Monsieur-le-Prince,
du Château, du Cardinal-Lemoine, des Fossés-
Saint-Marcel, Clisson, la gare d'Orléans, les
boulevards du Port-Royal, la chaussée du Maine,
ont encore souffert.

Quarante-sept immeubles sont atteints; trois incendies dont un à l'hôpital du Val-de-Grâce, ont été signalés.

— La nuit dernière, l'usine à gaz de la Villette reçoit des projectiles et le gazomètre de la Chapelle fait explosion.

— Ce soir, on ne croit plus possible que les modifications gouvernementales solennellement décrétées, n'aient été que d'illusoires compromis. On espère encore, même sous l'avalanche des mauvaises nouvelles. Des échappatoires, des subterfuges, allons donc !

— Hier, une surprise a été tentée par les Prussiens sur nos grand'gardes, en avant du fort d'Issy. Le poste du parc des Jésuites a été tout à coup attaqué par une forte colonne. Cette position, qui est certes l'une des plus dangereuses, est occupée par les mobiles de la Somme ; ils accueillirent l'ennemi par une jolie fusillade ; celui-ci se retira, emportant ses morts et ses blessés.

— Treize victimes civiles dont quatre tués.

VENDREDI 27 JANVIER.

— Le gouvernement annonce que, « quoique nos armées soient encore debout, les chances de la guerre les ont éloignées de nous, et que,

l'état de nos subsistances ne nous permettant
plus d'attendre, son devoir absolu est de négocier. » Il espère indiquer les détails de ces
négociations demain. Il parle de l'armistice, de
la réunion d'une assemblée. L'armée allemande,
dit-il, occupera les forts, *mais n'entrera pas
dans Paris* (1); la garde nationale sera conser-
vée intacte, nos défenseurs ne seront point
emmenés en Allemagne. »

Voilà donc la reddition, la capitulation dé-
guisées sous le nom d'armistice! Le peuple
de Paris consterné, trouve que l'on traite
très prématurément. Il avait encore quelques
vivres et bien du courage. Quelle expiation
cruelle des dix-huit années de ce funeste empire!

— La bourse monte. C'est l'habitude lors de
chacun de nos désastres.

— Il y a eu à minuit suspension d'armes sur
toute la ligne. Depuis neuf heures, nos forts
ne tiraient plus, mais le feu des Prussiens n'a
cessé que juste à l'heure dite, pas une minute
d'avance. Ils ont voulu tirer jusqu'à leur dernier coup de canon et, sans utilité épuiser tout

(1) Cette entrée a cependant eu lieu, le 1er mars 1871. Il
est vrai que les Prussiens n'ont occupé qu'une très petite frac-
tion de la ville. Ils n'ont pas osé s'aventurer davantage. Autour d'eux, le silence régnait, les maisons étaient closes et des
drapeaux noirs flottaient, en signe de deuil, aux balcons.

délai. C'est un acte de sauvagerie de plus que l'Europe appréciera.

— Quelques détails anecdotiques sur les effets du bombardement pendant les deux dernières journées :

Boulevard de la Gare, 93, entre six et sept heures du matin, un obus, après avoir traversé la toiture de la maison et détruit un escalier, a éclaté au rez-de-chaussée, dans une chambre où dormaient deux enfants. L'un, âgé de treize ans, a été tué ; l'autre a reçu des contusions.

Une femme traînant une voiture à bras a été broyée sur la place d'Italie. Sous l'impulsion produite par l'un des éclats du projectile, l'une des roues du véhicule décrivait de nombreux cercles autour de la malheureuse victime.

Boulevard de Port-Royal, dans la soirée d'avant-hier, un obus, en pénétrant dans une chambre, au cinquième étage, a précipité les époux Trumeau hors de leur lit, frappant mortellement le mari en épargnant la femme ; puis, en pénétrant à l'étage inférieur, le projectile a éclaté, heureusement sans atteindre un enfant qui y était couché.

Les dégâts matériels les plus sérieux et les plus regrettables sont ceux causés à l'église

Saint-Médard par la chute d'un projectile qui a brisé les orgues et détruit les précieux vitraux de cette antique église.

— La décroissance journalière du tir de l'ennemi nous prouve que son artillerie de siège n'est pas aussi formidable qu'on a bien voulu le dire, et que les Prussiens, après avoir transporté leurs fameux canons de l'Est au Sud, sont obligés aujourd'hui de les diriger au Nord, afin de faire croire au terrible cercle de feu qui nous enserre.

— Avant-hier, à midi, un obus, en tombant rue Poliveau, a blessé une femme et tué un enfant qu'elle portait dans ses bras.

— La mort de Gambetta est démentie.

— Les protestations contre les actes de reddition sont très nombreuses. Nous citerons, pour exemple, les suivantes :

1° Lettre adressée aux officiers des neuf secteurs, des forts, et des états-majors de l'armée de Paris :

MESSIEURS ET CHERS CAMARADES,

Le bruit, faux ou fondé, se répand que sous la menace de la famine, la capitulation serait imminente.

S'il peut appartenir au gouvernement de décider entre une question d'humanité et celle de l'honneur national, l'armée a le droit de sauvegarder son honneur militaire.

Nous vous proposons donc de signer avec nous l'adresse suivante au Gouvernement de la défense nationale :

« Les officiers de l'armée de Paris demandent avec instance qu'avant qu'aucun traité intervienne, l'armée épuise dans un suprême effort toutes ses munitions et que le gouvernement prenne ensuite les mesures les plus énergiques pour détruire tout le matériel de guerre et faire sauter tous les forts.

« Ils croient que l'honneur militaire ne sera sauf qu'autant que ni un bastion des défenses extérieures, ni un canon, ni un fusil, ne sera livré intact à l'ennemi.

« Ils déclarent formellement que si les mesures nécessaires ne sont pas prises, ils feront personnellement tout ce qui sera en leur pouvoir pour arriver à ce résultat et empêcher ainsi qu'un immense matériel de guerre ne soit tourné contre leurs frères de province. »

> Francis GARNIER, lieutenant de vaisseau, chef d'état-major du 8e secteur ; P. DUMOULIN, chef d'escadron d'état-major de la Garde nationale, attaché au 8e secteur ; E. EVEILLARD, lieutenant de vaisseau, aide de camp ; Ch. VIMOND, lieutenant de vaisseau, attaché au 8e secteur.

2° Protestations diverses :

Les officiers soussignés protestent énergiquement contre les bruits qui circulent en ce moment dans Paris et qu'ils déclarent au moins prématurés.

Ils demandent qu'avant qu'il puisse être question de se rendre à l'ennemi, il soit fait, avec *toutes les forces* dont Paris peut disposer, un mouvement militaire étudié et organisé pour la fin suprême : le salut ou la mort.

> Ch. Lassis, capitaine d'état-major de la Garde nationale ; L. Delaporte, lieutenant de vaisseau ; De Choiselat, capitaine de garde mobile ; D'Aubier de Rioux, chef de bataillon ; G. de la Landelle, lieutenant de vaisseau ; A. Aubernon, lieutenant d'état-major de la garde nationale ; De Solminihac, capitaine de garde mobile ; Bellet, enseigne de vaisseau ; P. Cabanes, enseigne de vaisseau ; Vicomte d'Alezac, lieutenant de garde mobile, Officiers attachés à l'état-major du 5e secteur.

Ont déclaré adhérer à la proposition ci-dessus :

> MM. Francis Garnier, lieutenant de vaisseau, chef d'état-major du 8e secteur ; E. Eveillard, lieutenant de vaisseau, aide de camp, 8e secteur ; Vimond, lieutenant de vaisseau, attaché au 8e secteur ; P. Dumoulin, chef d'escadron de la Garde nationale, attaché au 8e secteur.

Paris, 25 janvier 1871.

Aujourd'hui, 26 janvier 1871, à 11 heures, après délibération unanime de tous les officiers des dix compagnies du bataillon.

Le commandant du 148e, accompagné de tous les capitaines de ce bataillon, est allé faire part au général Clément Thomas de la résolution inébranlable du 148e de n'accepter aucune capitulation, de combattre jusqu'au dernier homme et de brûler Paris plutôt que de le rendre aux Prussiens.

Le général Clément Thomas et son chef d'état-major Montagut ont essayé de prouver à l'état-major du 148e que cette décision était une héroïque et admirable folie ; mais qu'il n'y avait pas à s'y arrêter, attendu que des négociations étaient entamées.

Le commandant du 148e et ses officiers, avant que de se retirer, ont déclaré au général que toute la conversation qui venait d'avoir lieu n'avait en rien ébranlé leur résolution et qu'ils protestaient contre les négociations commencées à l'insu du pays.

> Pour tous les officiers :
> *Le chef du 148e bataillon de la Garde nationale,*
> C. DELACOUR.

Les soussignés, officiers, sous-officiers et gardes du 83e bataillon de la garde nationale protestent énergiquement contre la reddition des forts de la capitale avant la présentation, au peuple de Paris, des conditions préalables qui doivent être la base de l'armistice projeté.

Ils déclarent ne pas reconnaître à nos gouvernants le droit arbitraire de soumettre. sans la consulter, aux exigences d'un ennemi devenu maître de nos destinées par la possession de notre ligne fortifiée, une population qui, par sa persévérance dans le malheur, par la virilité de son attitude depuis quatre mois, inspire au monde entier le respect, et qui, du reste, a le droit légitime, au premier chef, d'exprimer sa volonté avant toute autre.

Quant à nous, si grandes que puissent être les angoisses patriotiques de nos cœurs, devant cette page fatale de notre histoire, que nous aurions voulu effacer avec du sang et non avec des larmes, nous jetons en terminant le cri de :

Vive la France ! Vive la République !

> A. FAURÉ, capitaine ; MORELLE, capitaine ; HUSSON, lieutenant ; J. BERGERET, capitaine ; QUÉRU, caporal-fourrier ; GALLY, garde ; DAUDENARDE, garde ; FOURNIER, capitaine ; DUCHIEZ, capitaine ; GOUPIL, capitaine adjudant-major ; DUMAS, sous-lieutenant. (Suivent de nombreuses signatures.)

Le Cercle républicain des sixième et septième arrondissements de Paris,

Considérant que le Gouvernement de la défense nationale avait, de son propre aveu, pour mission exclusive le maintien de l'intégrité et de l'indépendance de la France, ainsi que celui de la République, dont il était issu ;

Considérant que le prétendu armistice qu'il vient de conclure avec la Prusse n'est, au fond, qu'une reddition déguisée ;

Considérant que cette mesure a été prise par le Gouvernement à l'insu et sans le consentement de la population de Paris, quand la capitale possède encore un effectif militaire plus considérable que celui de l'ennemi sous ses murs et un matériel de guerre formidable ;

Considérant que la capitulation de Paris, intéressant non seulement la France, mais encore la civilisation et les destinées de l'humanité tout entière, devait être évitée à tout prix et par les derniers sacrifices ;

Déclare que le général Trochu, président du gouvernement de la défense et commandant en chef de l'armée de Paris, a, par son inaction et son ineptie, mérité la réprobation nationale ; que tous les autres membres du gouvernement, présents à Paris, se sont, par leur aveugle confiance dans leur collègue, par leur refus obstiné de le renvoyer de ses fonctions, malgré son impuissance manifeste et malgré les avertissements unanimes du public, par leur entêtement à diriger seuls et sans contrôle une situation évidemment au-dessus de leurs forces, rendus complices du désastre de Paris ; et qu'enfin le gouvernement de la défense nationale tout entier, excepté, néanmoins, le citoyen Gambetta, doit être jugé incapable ou indigne de reparaître jamais à la direction des affaires publiques.

Fait à Paris, le 28 janvier 1871.

Les membres *présents* du Cercle républicain des VIe et VIIe arrondissements :

CAZALA, FAURÉ, HUSSON, PRIVÉ, Dr ROUBAUD, PELLOT, MAUDUIT. BRETEAU, CHARTON, ROBINET, RIBEAUCOURT, ERNEST LEFÈVRE, Dr DEREINE, AUBRY, DRUET DU MOUSSET, etc. etc.

Pour copie conforme :

Le Président du Cercle,
ROBINET.

— Paris a encore perdu, dans sa dernière journée de bombardement, treize de ses habitants.

— Les journaux annoncent, comme pertes totales dans la population civile seulement, tués : 31 enfants, 23 femmes, 131 hommes, ensemble 185 morts. Blessés : 563, dont une partie n'ont survécu que très peu de temps.

La garde nationale a perdu 1,630 hommes à Buzenval. Remarquons que le 20, un journal qui passe, à juste titre, pour avoir des attaches officielles, évaluait à huit ou neuf mille tués ou blessés le chiffre de ces pertes. Cette évaluation cadrait bien avec les demandes exagérées du général Trochu, de ce général qui n'eut aucune foi dans le patriotisme parisien, et qui ne sut que nous décourager sans cesse !

SAMEDI 28 JANVIER.

— Départ du ballon le *Richard-Wallace*, chargé de lettres et de pigeons.

— Le gouvernement fait paraître la proclamation suivante :

CITOYENS,

La convention qui met fin à la résistance de Paris n'est pas encore signée, mais ce n'est qu'un retard de quelques heures.

Les bases en demeurent fixées telles que nous les avons annoncées hier :

L'ennemi n'entrera pas dans l'enceinte de Paris.

La Garde nationale conservera son organisation et ses armes.

Une division de douze mille hommes demeurera intacte ; quant aux autres troupes, elles resteront dans Paris au milieu de nous, au lieu d'être, comme on l'avait d'abord proposé, cantonnées dans la banlieue. Les officiers garderont leur épée.

Nous publierons les articles de la convention aussitôt que les signatures auront été échangées, et nous ferons en même temps connaître l'état exact de nos subsistances.

Paris veut être sûr que la résistance a duré jusqu'aux dernières limites du possible. Les chiffres que nous donnerons en seront la preuve irréfragable, et nous mettrons qui que ce soit au défi de les contester.

Nous montrerons qu'il nous reste juste assez de pain pour attendre le ravitaillement, et que nous ne pouvions prolonger la lutte sans condamner à une mort certaine deux millions d'hommes, de femmes et d'enfants.

Le siège de Paris a duré quatre mois et douze jours; le bombardement, un mois entier (1). Depuis le 15 janvier, la ration de pain est réduite à 300 grammes; la ration de viande de cheval depuis le 15 décembre, n'est que de 30 grammes. La mortalité a plus que triplé. Au milieu de tant de désastres, il n'y a pas eu un seul jour de découragement.

L'ennemi est le premier à rendre hommage à l'énergie morale et au courage dont la population parisienne tout entière vient de donner l'exemple. Paris a beaucoup souffert; mais la République profitera de ses longues souffrances, si noblement supportées. Nous sortons de la lutte qui finit, *retrempés pour la lutte à venir.* Nous en sortons avec tout notre honneur, avec toutes nos espérances; malgré les douleurs de l'heure présente,

---

(1) Y compris le bombardement des forts détachés de l'enceinte.

plus que jamais nous avons foi dans les destinées de la patrie.

Paris, 28 janvier 1871.

Les membres du Gouvernement,

Général Trochu, Jules Favre, Emmanuel Arago, Jules Ferry, Garnier-Pagès, Eugène Pelletan, Ernest Picard, Jules Simon.

Les Ministres,
Général Le Flô, Dorian, J. Magnin.

— Un seul arrondissement de Paris, le cinquième, a eu plus de huit cents de ses immeubles atteints par les projectiles.

— Parmi nos morts, notre devoir est de citer : le comte de Dampierre, commandant les mobiles de l'Aube, tué à Bagneux ; le fils de l'amiral Saisset, tué au fort de Vanves ; le colonel Rochebrune, célèbre patriote polonais, commandant le 19ᵉ régiment de marche de la Garde nationale ; l'acteur Séveste, de la Comédie Française, lieutenant des carabiniers parisiens ; Henri Regnault, artiste peintre du plus grand avenir, dont les débuts promettaient un chef d'école (1) ;

(1) Le général Susbielle avait fait sonner la retraite quand Regnault a été tué. Celui-ci revenait avec son bataillon. En disant ces mots « J'ai encore trois cartouches à user », il se retourna pour tirer. C'est au second coup qu'il fut frappé. Regnault avait vingt-neuf ans.

Gustave Lambert, le promoteur du voyage de découvertes au pôle Nord, engagé volontaire au 119ᵉ de ligne; le capitaine Couchot, du 16ᵉ rég. de marche de la garde nationale, père de six enfants, mis à l'ordre du jour à l'affaire de Bondy; Delangle, officier d'ordonnance du général Trochu; le capitaine de Junnemann; le lieutenant Guillon, des francs tireurs des Ternes; Adrien Peloux, bâtonnier des avocats de Valence, capitaine des mobiles de la Drôme; Charles Bernard, Peralli, etc.; les onze derniers ont succombé à Buzenval.

Souhaitons tous de pareilles morts!

Après ces braves, hélas, que d'inconnus dont la France ne peut, en les pleurant, dire les noms!

Parmi ceux-là, citons au premier rang les héroïques *Amis de la France*. Dans leur légion s'étaient enrôlés un très grand nombre de Belges, commandés successivement par le peintre Kuytenbrouwer, et le général Van der Meere.

Au début, l'effectif du corps était de six cents hommes; après cent escarmouches et vingt combats livrés pendant cinq mois à Châtillon, au Bourget, à Champigny, à Bondy, cent cinquante seulement de nos amis répondaient à l'appel. Quatre cent cinquante des leurs ont donc

10

versé leur sang pour nous. Honneur à tous ces
soldats amis qui, en combattant pour la France,
mouraient pour l'affranchissement du monde
entier !

— Cette nuit, une lueur sinistre se découvre
au Sud-Ouest. C'est Saint-Cloud que les Allemands incendient, au moment de signer la capitulation (1).

DIMANCHE 29 JANVIER.

— Avant hier, une députation apportait au
ministère une protestation ou plutôt une offre
de services jusqu'à la mort, couverte de 550
signatures d'officiers, pour la plupart capitaines de la Garde nationale.

Ces messieurs ont été reçus, à défaut de
M. Jules Favre absent, par MM. Ernest Picard,
André Lavertujon et quelques maires.

Après les avoir remerciés de leur offre généreuse qui pourrait être utilisée dans un avenir
prochain, M. Picard leur a répondu « que
chaque minute de retard amènerait la mort de
milliers d'innocentes victimes ; que l'état de nos
subsistances ne dépassait pas six jours ; que,
par conséquent, le devoir du gouvernement,
quelque douloureux qu'il puisse être, était de

(1) Voyez à l'Appendice : *l'Incendie de Saint-Cloud.*

fuir ces malheurs ; que leur devoir à eux, officiers de la garde nationale, était d'user de leur
influence sur la population pour la maintenir
dans le calme et la dignité nécessaire, afin de
n'avoir pas la douleur de voir la police de Paris
faite par des caporaux prussiens. »

—. *Les derniers obus.* — Avant-hier soir, à
sept heures, rue Bezout, quartier de Montrouge,
un projectile est entré par la fenêtre dans la
maison n° 7, où il a défoncé le plancher du
premier étage, pour aller éclater dans une
fruiterie. Le propriétaire de cette boutique, âgé
de 52 ans, a eu la tête emportée. Les voisins
ont trouvé le malheureux étendu au milieu
d'une mare de sang ; sa tête avait roulé au
fond de la boutique.

L'émotion causée par cet événement n'était
pas encore calmée, qu'un second projectile
tomba sur la même maison et éclata au cinquième étage, où tous les meubles furent
brisés et les murs profondément dégradés. Un
homme qui se trouvait dans une pièce contiguë
a été blessé.

Avenue d'Orléans, deux étages de la maison
n° 11 ont été saccagés.

Vers dix heures, le Jardin des Plantes a reçu
un obus qui est tombé sur le labyrinthe.

Rue Monge 100, le mur du pan coupé et

celui de la façade ont été percés à la hauteur du cinquième étage.

Rue du Cardinal-Lemoine 73, un projectile, en éclatant dans la rue, à défoncé la devanture d'une boutique.

Rue Poliveau 24, la toiture a été perforée par un obus ; le cinquième étage a été dévasté.

Rue Pascal 40, deux bombes, tombées du côté de la cour, ont brisé toutes les vitres, mais n'ont heureusement atteint personne.

Rue Tournefort 24, le mur mitoyen a été percé d'une large brèche ; l'obus, en éclatant dans un corridor, a brisé toutes les cloisons des chambres voisines.

Même rue n° 12, le comble et un plancher ont été perforés ; le mur de façade d'un bâtiment en aile a été fortement endommagé.

Rue Saint-Jacques 314, le projectile, entré par le mur de face, a percé trois planchers et a éclaté en brisant toutes les cloisons et les meubles au deuxième étage. Le mur de la cour a été endommagé sérieusement.

Rue Gay-Lussac 22, le mur du pignon du côté sud a été troué, le plancher est en partie défoncé, le mobilier détruit.

Rue Berthollet 4, les combles et les planchers ont été percés jusqu'au premier étage, où le mobilier a subi des dégâts très sérieux.

Rue de Lourcine 43, dégâts insignifiants, et Rue Amyot 14, bris de mobilier, après perforation d'un mur et d'un plancher.

Rue Mouffetard 79, un obus s'est logé dans le mur. Tous les carreaux ont été brisés.

Rue des Patriarches 6, une bombe de 0^m22 a effondré la toiture et troué trois planchers et plafonds. En éclatant au deuxième étage, elle a causé une véritable dévastation.

Rue de Vaugirard 79, à onze heures et demie du soir, un obus a traversé les séchoirs d'une blanchisseuse et, en éclatant dans une petite cour, a projeté ses morceaux dans les appartements de divers locataires, où ils n'ont heureusement fait aucun mal.

Rue de l'Odéon 22, le mur a été troué, les planchers et les plafonds sont brisés.

Rue de Fleurus chez M. Abel Pilon, libraire, le projectile est tombé sur le mur du bâtiment de la cour. Les éclats ont brisé le vitrage du magasin et endommagé plusieurs collections de livres.

Rue Notre-Dame-des-Champs n° 73, un obus a troué le mur à la hauteur de l'atelier de M. Delamarre, le peintre d'intérieurs chinois. Un éclat a troué, sur un chevalet, une toile non achevée.

Boulevard Montparnasse 147, un nouvel

10.

obus est tombé, sans causer de mal, dans la maison où une femme avait été tuée dernièrement.

Rue des Fourneaux, dans la maison de Mme veuve Gilet, deux frères ont été tués sur le coup. Le mobilier à été brisé et la façade a été renversée.

Même rue n° 233, Mlle Bouché, fille de la propriétaire, a été blessée grièvement. Le mobilier est brisé.

Boulevard du Port-Royal 16, 18 et 20, six obus sont tombés en quelques minutes aux quatrième et cinquième étages ; une personne a été tuée au n° 16 ; les mobiliers ont été brisés.

Un homme qui a joué de malheur, c'est assurément M. Bachaux, réfugié de Vitry. Ce cultivateur, depuis son arrivée à Paris, a successivement habité cinq logements ; dans tous les cinq, les obus ont plu comme grêle. La nuit dernière encore, dans la rue de l'Arbalète, un obus a détruit les derniers meubles qu'il avait pu sauver.

Le troisième étage d'une maison située rue Tournefort 14, a été complètement démoli par un obus tombé vers neuf heures du soir, avant-hier.

Même rue, n° 12, un obus est tombé chez Mme Bonnin, agée de soixante-six ans, vivant du faible produit des leçons de musique que donnait son petit-fils, aveugle de naissance. Aujourd'hui ce jeune professeur ne peut plus travailler, car l'obus a brisé son piano en mille morceaux !

M. Morel, mécanicien, qui habite la même maison, a été blessé au pied.

Entre neuf heures et minuit, dix obus sont tombés sur le Luxembourg ; dans la pépinière, le premier de ces projectiles a éclaté entre les ouvriers charpentiers Fléchard et Pailaire ; ils n'ont eu aucun mal. Le grand bassin a été gravement détérioré.

— Hier, dans la nuit, un essai de soulèvement a eu lieu ; le tocsin a été entendu sur plusieurs points ; la garde nationale essayait de s'emparer de divers forts pour les défendre. Mais ce mouvement ne dura pas. Ce matin, on affiche l'ordre du jour suivant :

La nuit dernière, des officiers de la garde nationale ont tenté de réunir leur troupe et de prendre des dispositions militaires en dehors de tout commandement.

Leur général, tout en ressentant aussi vivement qu'eux la douleur patriotique qui les a égarés, ne saurait partager leurs illusions, et il a le devoir de prévenir la garde nationale, qu'en cédant à de tels entraînements, elle compromettrait un armistice honorable, l'avenir de Paris et la France entière.

Quelque douloureux qu'il puisse être pour un chef de

calmer la troupe placée sous son commandement et de blâmer comme une faute les actes qu'elles inspirent, le commandant supérieur n'hésite pas à le faire dans cette circonstance.

Il rappelle à la garde nationale que de son attitude, du calme et de la dignité avec lesquels sera supportée la douleur qui nous atteint, dépendent aujourd'hui l'ordre dans Paris dont elle va être la garnison, et le ravitaillement de cette grande ville, dont l'éternel honneur sera d'avoir prolongé la lutte au milieu des plus cruelles privations et jusqu'au complet épuisement de ses ressources.

Paris, le 28 janvier 1871.

Le général commandant supérieur,

CLÉMENT THOMAS.

— C'est aujourd'hui, jour néfaste, que les Prussiens ont pris possession de nos forts. Les voilà nos maîtres ; la botte allemande a souillé le sol rougi du sang de nos héros ; à quand la grande revanche ?

> Certes, il luira sur nos fronts,
> Ce grand jour de nos destinées
> Où nous vous ressusciterons,
> Saintes villes assassinées ! (1)

— A la nouvelle qu'on allait livrer Saint-Denis, le maire Moreau proteste énergiquement ; il représente au gouvernement qu'une ville nuit et jour bombardée, incendiée, où ont été tués

(1) Th. de Banville, *les Villes saintes* (octobre 1870).

des vieillards, des femmes, des enfants, ne peut pas recevoir dans ses murs ceux qui ont fait d'elle une ruine et un tombeau (1).

— Tous les corps francs sont dissous.

— M. Larret-Lamalignie, capitaine de frégate, commandant en second le fort de Montrouge, s'est brûlé la cervelle, pour ne pas voir, lui vivant, son fort occupé par l'ennemi. D'autres citoyens se tuent de désespoir. Un garde national de notre compagnie, le nommé l'Hopital, homme fort intelligent et ardent patriote, se jette du haut d'un parapet de la Seine et se brise le crâne sur le pavé du chemin de halage.

— La garnison de Montrouge a perdu 16 officiers et 400 soldats.

— Au fort de Vanves, il y a eu 176 victimes dont 26 tués.

— Le fort d'Issy, le plus éprouvé des forts du Sud, a reçu, depuis le 5 janvier, 38,000 obus et bombes. Une grande partie de ces projectiles pesaient 100 kilog. Les casernes n'existent plus.

— A partir de mardi prochain, le quartier général prussien sera transféré au Mont-Valérien.

(1) Voyez à l'Appendice : *Saint-Denis.*

— Paris, avec ses forts et les terrains compris entre la ville et ses défenses, a reçu deux cent quarante-quatre mille obus (1).

— Aujourd'hui, le gouvernement prussien refuse encore à la compagnie d'Orléans l'autorisation d'envoyer des ouvriers pour réparer la voie, afin de la rendre praticable au ravitaillement. Et cela, malgré l'un des articles très explicite de la convention. Quel généreux ennemi !

— Le fort de Montrouge a beaucoup souffert; il a reçu plus de 12,000 obus dont la plupart pesaient 137 kil., *et pas une de ses embrasures n'a été détruite, pas une de ses pièces n'a été endommagée*; un seul affût a été mis hors de service. De ses deux casernes, l'une s'est effondrée; ses murs de rez-de-chaussée sont encore à peu près debout. L'autre a perdu l'une de ses faces, celle qui est tournée du côté de l'ennemi. Quant aux hangars, aux baraques, ce ne sont plus que des amas de débris. Trois casemates ont été percées, le magasin des vivres a particulière-

---

(1) Ce nombre se décompose ainsi :

Paris.	10,000	
Les forts	150,000	244,000
Terrains entre les forts et Paris.	84,000	

ment souffert ; on a dû y combattre un commencement d'incendie. Les batteries de Châtillon et de Bagneux ont fait brèche — ce
que les Prussiens ignoraient sans doute, —
car cette brèche est dans la façade *regardant
Paris*. De ce côté, le moins exposé à un assaut,
le mur, épais de plus d'un mètre, s'élève isolé
sans être garanti intérieurement par un rem-
blai de terre. Au contraire, toute l'escarpe qui
regarde Vanves, bien que criblée de projectiles
qui la battaient en écharpe, n'a aucun dom-
mage sérieux.

Au lieu d'un sol uni, la cour intérieure offre
une succession de fondrières, au fond des-
quelles sont incrustés des morceaux de fonte
énormes. Çà et là de gros boulets épars. Ce
sont les nôtres ; j'aperçois, dans la cour, les
piles symétriques d'où les obus prussiens les
ont fait jaillir comme des grains de sable.

Voilà le tableau qu'un photographe relevait
aujourd'hui pour le livrer à la curiosité attris-
tée du public.

Mais ce qui est resté absolument intact au
milieu des ruines du fort, c'est le moral des
marins, ses défenseurs.

L'officier qui me servait aujourd'hui de guide,
me disait d'eux : « Ce sont des hommes de fer,
ils se seraient fait tuer jusqu'au dernier. J'en

ai vu qui, *après être resté dix-sept heures à leur pièce*, refusaient de se laisser relever et voulaient continuer leur service. »

Le fort d'Issy est le plus endommagé de tous.

La brèche est faite sur dix points de l'escarpe des bastions 1 et 2, devant Châtillon et Clamart. Elle est praticable sur deux points. Les casemates n'ont pu contenir leurs défenseurs que par des miracles d'énergie. Des sacs à terre, par centaines de mille, avaient dû être disposés pour la consolidation. Soldats, mobiles, artilleurs ont creusé le sol de ces casemates à trois mètres de profondeur afin de remplir ces sacs. Les quelques heures que, pendant vingt-deux jours, les défenseurs du fort d'Issy ont pu consacrer au repos, ils ont dormi dans ces excavations.

Traverses, poudrières, embrasures, travaux d'art, tout est détruit, défoncé : les pièces seules avaient pu, par des prodiges d'audace, continuer leur feu à découvert.

La garnison du fort d'Issy, composée de 900 à 1,000 hommes, a eu 130 hommes tués ou blessés pendant le bombardement. Un tiers des hommes est à l'hôpital, un autre tiers est exténué par des fatigues inouïes : la tâche de la défense, de la garde et de la réparation des ouvrages incombait au dernier tiers. On avait

dit aux mobiles que c'était là un poste d'honneur.
On ne les avait pas trompés. (*Moniteur.*)

— Le fort de Vincennes seul ne sera point
occupé par les Prussiens, il y restera une garnison française de deux cents hommes, et le
drapeau national y flottera. Mais celui du Mont-
Valérien restera le dernier entre les mains de
nos ennemis, jusqu'à parfait achèvement de
l'indemnité qu'ils réclament, et que la rumeur
publique porte à sept milliards.

— Une note du gouvernement nous annonce que la population de Londres a organisé
une souscription qui, assure-t-on, atteindra le
chiffre de deux millions, pour acheter des
vivres qu'elle envoie fraternellement au peuple
de Paris. Ce touchant élan du cœur nous con-
sole au milieu de nos misères.

Un journal (*le Rappel*) indique même que
cette souscription va s'élever à dix millions, et
que les ouvriers anglais en sont les principaux
auteurs.

Il est à remarquer que la souscription a eu
lieu après une chaleureuse proclamation du
lord-maire aux habitants de Londres. Il les
invitait à diriger sur Paris tous les objets de
consommation disponibles à prix coûtant.

Mais le peuple anglais, touché de nos souffrances, se montre plus généreux et nous offre

11

gratuitement des provisions de toutes sortes qui seront reçues avec reconnaissance. Des actes de cette nature éteignent à jamais des inimitiés séculaires; celui-ci a profondément ému les âmes françaises (1).

(1) Ces vivres de ravitaillement ont été adressés à M. Richard Wallace qui en a fait la distribution.

VII

L'armistice

On lit dans le *Journal officiel* du 28 janvier :

C'est le cœur brisé que nous déposons les armes. Ni les souffrances, ni la mort dans le combat, n'auraient pu contraindre Paris à ce cruel sacrifice. Il ne cède qu'à la faim. Il s'arrête quand il n'a plus de pain. Dans cette cruelle situation, le gouvernement a fait tous ses efforts pour adoucir l'amertume du sacrifice. Depuis lundi soir, il négocie ; ce soir a été signé un traité qui garantit à la garde nationale tout entière son organisation et ses armes ; l'armée, déclarée prisonnière de guerre, ne quittera pas Paris. Les officiers garderont leur épée. Une assemblée nationale est convoquée. La France est malheureuse, mais elle n'est pas abattue. Elle a fait son devoir ; elle reste maîtresse d'elle-même...

TEXTE DE LA CONVENTION, SIGNÉE LE 28 JANVIER 1871

Entre M. le comte de Bismarck, chancelier de la Confédération germanique, stipulant au nom de S. M. l'Empereur d'Allemagne, roi de Prusse, et M. Jules Favre, ministre des affaires étrangères du Gouvernement de la Défense nationale, munis de pouvoirs réguliers,

Ont été arrêtées les conventions suivantes :

ARTICLE PREMIER. — Un armistice général, sur toute la ligne des opérations militaires en cours d'exécution entre les armées allemandes et les armées françaises, commencera pour Paris aujourd'hui même, pour les départements dans un délai de trois jours ; la durée de l'armistice sera de vingt et un jours à dater d'aujourd'hui, de manière que, sauf le cas où il serait renouvelé, l'armistice se terminera partout le dix-neuf février, à midi.

Les armées belligérantes conserveront leurs positions respectives qui seront séparées par une ligne de démarcation. Cette ligne partira de Pont-l'Évêque, sur les côtes du département du Calvados, se dirigera sur Lignières dans le nord-est du département de la Mayenne, en passant entre Briouze et Fromentel ; en touchant au département de la Mayenne à Lignières, elle suivra la limite qui sépare ce département de ceux de l'Orne et de la Sarthe, jusqu'au nord de Morannes, et sera continuée de manière à laisser à l'occupation allemande les départements de la Sarthe, d'Indre-et-Loire, du Loir-et-Cher, du Loiret, de l'Yonne, jusqu'au point où, à l'est de Quarré-les-Tombes, se touchent les départements de la Côte-d'Or, de la Nièvre et de l'Yonne.

A partir de ce point, le tracé de la ligne sera réservé à une entente qui aura lieu aussitôt que les parties contractantes seront renseignées sur la situation actuelle des opérations militaires en exécution dans les départements de la Côte-d'Or, du Doubs et du Jura. Dans tous les cas, elle traversera le territoire composé de ces trois départements, en laissant à l'occupation allemande les départements situés au nord, à l'armée française ceux situés au midi de ce territoire.

Les départements du Nord et du Pas-de-Calais, les forteresses de Givet et de Langres, avec le terrain qui les entoure à une distance de dix kilomètres, et la péninsule du Havre, jusqu'à une ligne à tirer d'Étretat, dans la direction de Saint-Romain, resteront en dehors de l'occupation allemande.

Les deux armées belligérantes et leurs avant-postes, de part et d'autre, se tiendront à une distance de dix kilomètres au moins des lignes tracées pour séparer leurs positions.

Chacune des deux armées se réserve le droit de maintenir son autorité dans le territoire qu'elle occupe, et d'employer les moyens que ses commandants jugeront nécessaires pour arriver à ce but.

L'armistice s'applique également aux forces navales des deux pays, en adoptant le méridien de Dunkerque comme ligne de démarcation, à l'ouest de laquelle se tiendra la flotte française, et à l'est de laquelle se retireront, aussitôt qu'ils pourront être avertis, les bâtiments de guerre allemands qui se trouvent dans les eaux occidentales. Les captures qui seraient faites après la conclusion et avant la notification de l'armistice, seront restituées, de même que les prisonniers qui pourraient être faits de part et d'autre, dans des engagements qui auraient eu lieu dans l'intervalle indiqué.

Les opérations militaires sur le terrain des départements du Doubs, du Jura et de la Côte-d'Or, ainsi que le siège de Belfort, se continueront indépendamment de l'armistice, jusqu'au moment où on se sera mis d'accord sur la ligne de démarcation dont le tracé, à travers les trois départements mentionnés, a été réservé à une entente ultérieure.

ART. 2. — L'armistice a pour but de permettre au Gouvernement de la Défense nationale de convoquer une Assemblée librement élue qui se prononcera sur la question de savoir si la guerre doit être continuée, ou à quelles conditions la paix doit être faite.

L'Assemblée se réunira dans la ville de Bordeaux.

Toutes les facilités seront données par les commandants des armées allemandes pour l'élection et la réunion des députés qui la composeront.

ART. 3. — Il sera fait immédiatement remise, à l'armée allemande, par l'autorité militaire française, de tous les forts formant le périmètre de la défense de Paris, ainsi que de leur matériel de guerre. Les communes et les maisons situées en dehors de ce périmètre ou entre les forts, pourront être occupées par les troupes allemandes jusqu'à une ligne à tracer par des commissaires militaires. Le terrain restant entre cette ligne et l'enceinte fortifiée de la ville de Paris sera interdit aux forces armées des deux parties. La manière de rendre les forts et le tracé de la ligne mentionnée formeront l'objet d'un protocole à annexer à la présente Convention.

ART. 4. — Pendant la durée de l'armistice, l'armée allemande n'entrera pas dans la ville de Paris.

ART. 5. — L'enceinte sera désarmée de ses canons,

dont les affûts seront transportés dans les forts à dési-
gner par un commissaire de l'armée allemande (1).

Art. 6. — Les garnisons (armée de ligne, garde mobile et marins) des forts et de Paris seront prisonnières
de guerre, sauf une division de douze mille hommes
que l'autorité militaire dans Paris conservera pour le
service intérieur.

Les troupes prisonnières de guerre déposeront leurs
armes, qui seront réunies dans des lieux désignés et
livrées, suivant règlement, par commissaires suivant
l'usage ; ces troupes resteront dans l'intérieur de la
ville, dont elles ne pourront pas franchir l'enceinte
pendant l'armistice. Les autorités françaises s'engagent
à veiller à ce que tout individu appartenant à l'armée et
à la garde mobile reste consigné dans l'intérieur de la
ville. Les officiers des troupes prisonnières seront
désignés par une liste à remettre aux autorités allemandes.

A l'expiration de l'armistice, tous les militaires appartenant à l'armée consignée dans Paris auront à se cons-
tituer prisonniers de guerre de l'armée allemande, si la
paix n'est pas conclue jusque-là.

Les officiers prisonniers conserveront leurs armes.

Art. 7. — La garde nationale conservera ses armes ;
elle sera chargée de la garde de Paris et du maintien de
l'ordre. Il en sera de même de la gendarmerie et des
troupes assimilées employées dans le service municipal, telles que la garde républicaine, douaniers et pompiers ; la totalité de cette catégorie n'excédera pas trois
mille cinq cents hommes.

(1) Dans le protocole, cette condition du transport des affûts
dans les forts a été abandonnée par les commissaires allemands, sur la demande des commissaires français.

Tous les corps de francs-tireurs seront dissous par une ordonnance du Gouvernement français.

ART. 8. — Aussitôt après la signature des présentes et avant la prise de possession des forts, le commandant en chef des armées allemandes donnera toutes facilités aux commissaires que le Gouvernement français enverra, tant dans les départements qu'à l'étranger, pour préparer le ravitaillement et faire approcher de la ville les marchandises qui lui sont destinées.

ART. 9. — Après la remise des forts et après le désarmement de l'enceinte et de la garnison, stipulés dans les articles 5 et 6, le ravitaillement de Paris s'opérera librement par la circulation sur les voies ferrées et fluviales. Les provisions destinées à ce ravitaillement ne pourront être puisées dans le terrain occupé par les troupes allemandes, et le Gouvernement français s'engage à en faire l'acquisition en dehors de la ligne de démarcation qui entoure les positions des armées allemandes, à moins d'autorisation contraire donnée par les commandants de ces dernières.

ART. 10. — Toute personne qui voudra quitter la ville de Paris devra être munie de permis réguliers délivrés par l'autorité militaire française, et soumis au visa des avant-postes allemands. Ces permis et visas seront accordés de plein droit aux candidats de la députation en province et aux députés à l'Assemblée.

La circulation des personnes qui auront obtenu l'autorisation indiquée ne sera admise qu'entre six heures du matin et six heures du soir.

ART. 11. — La ville de Paris payera une contribution municipale de guerre de la somme de deux cent millions de francs. Ce payement devra être effectué avant le quinzième jour de l'armistice. Le mode de payement sera déterminé par une commission mixte allemande et française.

ART. 12. — Pendant la durée de l'armistice, il ne sera rien distrait des valeurs publiques pouvant servir de gages au recouvrement des contributions de guerre.

ART. 13. — L'importation dans Paris d'armes, de munitions ou de matières servant à leur fabrication, sera interdite pendant la durée de l'armistice.

ART. 14. — Il sera procédé immédiatement à l'échange de tous les prisonniers de guerre qui ont été faits par l'armée française depuis le commencement de la guerre. Dans ce but, les autorités françaises remettront, dans le plus bref délai, des listes nominatives des prisonniers de guerre allemands aux autorités militaires allemandes à Amiens, au Mans, à Orléans et à Vesoul. La mise en liberté des prisonniers de guerre allemands s'effectuera sur les points les plus rapprochés de la frontière. Les autorités allemandes remettront en échange, sur les mêmes points, et dans le plus bref délai possible, un nombre pareil de prisonniers français, de grades correspondants, aux autorités militaires françaises.

L'échange s'étendra aux prisonniers de conditions bourgeoises, tels que les capitaines de navires de la marine marchande allemande, et les prisonniers français civils qui ont été internés en Allemagne.

ART. 15. — Un service postal pour les lettres *non cachetées* sera organisé entre Paris et les départements, par l'intermédiaire du quartier général de Versailles.

En foi de quoi les soussignés ont revêtu de leurs signatures et de leur sceau les présentes conventions.

Fait à Versailles, le vingt-huit janvier mil huit cent soixante et onze.

Signé : JULES FAVRE.   BISMARCK.

11.

— La pièce suivante est extraite du *Moniteur de Bordeaux*, numéro du 4 février :

PROCLAMATION DU GOUVERNEMENT DE PARIS

A SES CONCITOYENS

—

CITOYENS,

Nous venons dire à la France dans quelle situation et après quels efforts Paris a succombé. L'investissement a duré depuis le 16 septembre jusqu'au 26 janvier. Pendant tout ce temps, sauf quelques dépêches, nous avons vécu isolés du reste du monde. La population virile tout entière a pris les armes, les jours à l'exercice et les nuits aux remparts et aux avant-postes. Le gaz nous a manqué le premier et la ville a été plongée le soir dans l'obscurité ; puis est venue la disette de bois et de charbon. Il a fallu, dès le mois d'octobre, suppléer à la viande de boucherie en mangeant des chevaux ; à partir du 15 décembre, nous n'avons pas eu d'autre ressource.

Pendant six semaines, les Parisiens n'ont mangé par jour que trente grammes de viande de cheval ; depuis le 18 janvier, le pain, dans lequel le froment n'entre plus que pour un tiers, est tarifé à trois cents grammes par jour ; ce qui fait, en tout, pour un homme valide, trois cent trente grammes de nourriture. La mortalité, qui était de quinze cents, a dépassé cinq mille, sous l'influence de la variole persistante et des privations de toutes sortes. Toutes les fortunes ont été atteintes, toutes les familles ont eu leur deuil.

Le bombardement a duré un mois et a foudroyé la

ville de Saint-Denis et presque toute la partie de Paris
située sur la rive gauche de la Seine.

Au moment où la résistance a cessé, nous savions que
nos armées étaient refoulées sur les frontières et hors
d'état d'arriver à notre secours. L'armée de Paris, secon-
dée par la garde nationale, qui s'est courageusement bat-
tue et a perdu un grand nombre d'hommes, a tenté, le 19
janvier, une entreprise que tout le monde qualifiait d'acte
de désespoir. Cette tentative, qui avait pour but de percer les lignes de l'ennemi, a échoué, comme aurait
échoué toute tentative de l'ennemi pour percer les nôtres.

Malgré l'ardeur de nos gardes nationaux, qui, ne con-
sultant que leur courage, se déclaraient prêts à retour-
ner au combat, il ne nous restait aucune chance de
débloquer Paris ou de l'abandonner en jetant l'armée
au dehors, et la transformant en armée de secours.
Tous les généraux déclaraient que cette entreprise ne
pouvait être essayée sans folie; que les ouvrages des
Allemands, leur nombre, leur artillerie, rendaient leurs
lignes infranchissables; que nous ne trouverions au delà,
si par impossible nous leur passions sur le corps, qu'un
désert de trente lieues, que nous y péririons de faim,
car il ne fallait pas penser à emporter des vivres, puisque
déjà nous étions à bout de ressources.

Les divisionnaires furent consultés après les chefs
d'armée, et répondirent comme eux. On appela, en présence des ministres et des maires de Paris, les colonels
et les chefs de bataillon signalés comme les plus braves.
Même réponse. On pouvait se faire tuer, mais on ne pouvait plus vaincre.

A ce moment, quand on avait perdu tout espoir de
secours et toute chance de succès, il nous restait du
pain assuré pour huit jours, et de la viande de cheval

pour quinze jours, en abattant tous les chevaux. Avec les chemins de fer détruits, les routes effondrées, la Seine obstruée, ce n'était pas, tant s'en faut, la certitude d'aller jusqu'à l'heure du ravitaillement. Aujourd'hui même, nous tremblons de voir cesser le pain et les autres provisions avant l'arrivée des premiers convois. Nous avons donc tenu au delà du possible, nous avons affronté la chance qui nous menace encore de soumettre aux horribles éventualités de la famine, une population de deux millions d'âmes.

Nous disons hautement que Paris a fait absolument et sans réserve tout ce qu'une ville assiégée pouvait faire. Nous rendons à la population que l'armistice vient de sauver, ce témoignage qu'elle a été jusqu'à la fin, d'un courage et d'une constance héroïques. La France, qui retrouve Paris après cinq mois, peut être fière de sa capitale.

Nous avons cessé la résistance, rendu les forts, désarmé l'enceinte, notre garnison est prisonnière de guerre, nous payons une contribution de deux cents millions.

Mais l'ennemi n'entre pas dans Paris; il reconnaît le principe de la souveraineté populaire; il laisse à notre garde nationale ses armes et son organisation; il laisse intacte une division de l'armée de Paris.

Nos régiments gardent leurs drapeaux, nos officiers gardent leurs épées. Personne n'est emmené prisonnier hors de l'enceinte. Jamais place assiégée ne s'est rendue dans des conditions aussi honorables; et ces conditions sont obtenues quand le secours est impossible et le pain épuisé.

Enfin, l'armistice qui vient d'être conclu a pour effet immédiat la convocation, par le gouvernement de la

République, d'une Assemblée qui décidera souverainement de la paix ou de la guerre.

L'Empire, sous ses diverses formes, offrait à l'ennemi de commencer des négociations. L'Assemblée arrivera à temps pour mettre à néant ces intrigues et pour sauvegarder le principe de la souveraineté nationale. La France seule décidera des destinées de la France. Il a fallu se hâter; le retard, dans l'état où nous sommes, était le plus grand péril. En huit jours, la France aura choisi ses mandataires. Qu'elle préfère les plus dévoués, les plus désintéressés, les plus intègres.

Le grand intérêt pour nous, c'est de revivre et de panser les plaies saignantes de la patrie. Nous sommes convaincus que cette terre ensanglantée et ravagée produira des moissons et des hommes, et que la prospérité nous reviendra après tant d'épreuves, pourvu que nous sachions mettre à profit, sans aucun délai, le peu de jours que nous avons pour nous reconstituer et nous consulter.

Le jour même de la réunion de l'Assemblée, le gouvernement déposera le pouvoir entre ses mains. Ce jour-là, la France, en se regardant, se trouvera profondément malheureuse; mais si elle se trouve aussi retrempée par le malheur et en pleine possession de son énergie et de sa souveraineté, elle sentira renaître sa foi dans la grandeur de son avenir.

Général Trochu, Jules Favre, Jules Simon, Eugène Pelletan, Emmanuel Arago. Ernest Picard, Garnier-Pagès, Jules Ferry.

Le lecteur, dans les lignes qui précèdent, a vu Paris tour à tour calme sous l'outrage, enfiévré par l'espérance, résigné sous les coups du sort, mais toujours fort et courageux. Ses habitants, que le monde croyait énervés par les habitudes luxueuses, ont montré qu'ils étaient restés les fils des soldats de 92. Mais, aux qualités viriles, auxquelles tous rendront hommage et que l'histoire enregistrera, il faut ajouter une page mémorable encore, car les Parisiens ont attesté non seulement leur courage militaire, mais non moins noblement leur courage civique.

Sous la pression des baïonnettes prussiennes, devant les gueules des canons de nos forts menaçant cette fois Paris, la ville immortelle, jetant un dernier défi à la Prusse féodale, nomme, le 8 février, ses quarante-trois députés dont les noms sont chers à la démocratie. En tête de sa liste, apparaissent Victor Hugo, Garibaldi, Edgar Quinet, Gambetta, Henri Martin. Un grand cri de liberté et d'émancipation s'élevait de la cité vaincue.

Paris a bien mérité du monde !

A la proclamation de ces votes, le roi de Prusse, son entourage de petits souverains et tous les suppôts du despotisme bondirent de surprise et de colère. Pillez, incendiez, tuez, épais soudards ; il est un ennemi formidable que vous ne pourrez jamais détruire : celui là s'appelle le génie français. Ce fut lui qui créa la liberté contre laquelle vous conspirez sans cesse et qui vous anéantira. Et, si vous avez pour vous le triomphe brutal de la force primant le droit, la France, qui se souviendra, n'a pas cessé de représenter la justice et l'émancipation des peuples. Des légions de noirs corbeaux se sont repus de la chair de ses fils dans ses campagnes dévastées, mais la lumière qu'elle porte au front ne s'est pas affaiblie. Et si l'une de ses mains a laissé échapper son épée brisée, l'autre tient encore haut et ferme le flambeau de la raison qui prépare l'affranchissement de l'humanité.

> Levant vers le ciel diaphane
> Un clairon dans sa forte main,
> Elle sonnera la diane
> Pour éveiller le genre humain (1).

VIVE LA FRANCE !

(1) Th. de Banville.

Le 1ᵉʳ mars, malgré l'article 4 de la Convention, les Allemands occupent un quartier de Paris, celui des Champs-Elysées. Ils sont là sur une surface limitée et ne peuvent apercevoir que de très loin ces édifices, pour la plupart transformés en ambulances, si longtemps bombardés par eux, sans nul respect pour la civilisation qu'ils ont la prétention de représenter mieux qu'aucun autre peuple. Ils avaient l'audace de se poser en défenseurs des droits de l'humanité, ces lourds Teutons, pendant qu'ils détruisaient les monuments qui en font la gloire et qu'ils se livraient froidement au massacre des enfants, des femmes et des blessés ! . . . .

* *

C'en était fait, avec Paris tombé, la France était complètement vaincue ; mais l'honneur était sauf et la Patrie pouvait encore espérer. Ses pertes étaient immenses : elle avait à pleurer cent cinquante mille de ses enfants et ses armes lui étaient ravies. Pour se délivrer des mains de l'étranger et recouvrer sa puissance, il lui fallut payer une énorme rançon et faire des dépenses si formidables, que le tout achevé représenta *cinq millions quatre cent quatre vingt trois mille huit cent soixante kilogrammes* d'or monnayé, c'est-à-dire la charge de plus de trois mille six cents voitures à un cheval. Car les contributions et indemnités de cette guerre, le rachat du territoire conservé, la reconstitution des armées, des forteresses, de l'outillage de la défense, lui coûta plus de *dix-sept milliards* (1).

C'est près d'un milliard de rente à desservir. Voilà ce que la République paie annuellement ; c'est elle qui supporte ces lourdes charges, suite d'une lutte entreprise contre toute raison. Mais quoi ! une hautaine Espagnole, devenue par hasard impératrice, n'avait-elle pas déclaré que c'était « *sa guerre, à elle !* »

Les préliminaires de la paix furent signés le 3 mars. Deux provinces nous étaient arrachées. En même temps, une plus forte haine et l'esprit de vengeance s'emparaient de nos cœurs pour n'en disparaître que lorsque nos malheu-

---

(1) C'est cette somme de dix-sept milliards, relevée par M. Mathieu Bodet, ancien ministre des finances, que nous convertissons en poids d'or monnayé, la pièce de 100 francs pesant 32 gr. 258.

Pour les 3,600 voitures, les charges sont comptées chacune de 15 à 1,600 kilogr.

En argent, les dix sept milliards pèseraient 85 millions de kilogr. ; en billets de banque de mille francs, ils formeraient 34,000 volumes de chacun 500 pages.

reux compatriotes ne tendront plus leurs bras
suppliants du côté de leur véritable patrie.

* *

Un mot de réflexion sur cette horrible guerre
de 1870.

La déclaration en fut faite — c'est là chose
prouvée, nous le répétons, — sans motif sérieux, sans préparatifs d'aucune sorte, avec
des troupes très inférieures en nombre. Au
1er août 1870, l'armée du Rhin comptait 243,171
hommes, chiffre du grand état-major général.
« On savait qu'elle allait se trouver en présence
de forces allemandes d'environ 550,000 hommes, pouvant en très peu de temps être portées
au double de ce nombre, » a dit le général
Froissard, dans un rapport officiel.

Cette armée du Rhin manquait à peu près
de tout (1) !

Bientôt disséminée, mal conduite, trahie,
ses soldats luttant un contre dix, elle succomba,
accablée.

Le roi de Prusse avait annoncé qu'il faisait
la guerre, non à la France, mais à la dynastie
impériale. La dynastie à terre, on alla, croyant
à sa parole, lui demander s'il voulait continuer

_____

(1) Voyez les pièces justificatives.

« à donner au monde du xix° siècle le cruel spectacle de deux nations qui s'entre-déchirent et qui, oublieuses de l'humanité, de la raison, de la science, accumulent les ruines et les cadavres » (1).

Guillaume, ivre de succès inespérés, voulant se saisir de l'empire à l'aide de nos défaites, en présence d'un peuple déjà vaincu, désorganisé, sans armée, répondit insolemment, par la bouche de son ministre, aux offres de paix qu'on alla lui porter.

En novembre, l'Angleterre, la Russie, l'Autriche et l'Italie intervinrent. Ces puissances proposèrent un armistice pour permettre à la France la convocation d'une assemblée nationale. La Prusse rejeta cette proposition en refusant surtout le ravitaillement de Paris, assiégé déjà depuis cinquante jours et qui aurait alors consommé ses vivres pendant la suspension des hostilités.

Si l'on ajoute à ces faits d'ordre militaire ou diplomatique l'assassinat de tout Français qui, sans mandat régulier, défendait sa patrie, le vol, le pillage et l'incendie réglés et organisés de sang-froid par l'envahisseur (2), on se de-

(1) Jules Favre. Circulaire adressée aux agents diplomatiques de France, 6 septembre 1870.
(2) Voyez à l'appendice : *les Pillards.*

mande, devant le spectacle d'une résistance faite sur tous les points du territoire menacé par des soldats improvisés à défaut de nos armées prisonnières, devant les marques de respect et de sympathie que nous témoignèrent l'élite des hommes du monde civilisé, de quel côté des deux nations est la vraie gloire et si la postérité ne l'accordera pas aux vaincus.

Un vaisseau est désemparé par la tempête ; l'équipage a, en partie, disparu, enlevé par la vague redoutable ; sa défense, pour ainsi dire, n'existe plus. Un flibustier, que l'orage épargna, se présente ; son navire, bien armé, engage un combat formidablement inégal. Quoi de plus naturel que de le voir vaincre et devenir maître du bâtiment privé de ses moyens de résistance ? L'assailli se débat contre les coups de l'assaillant favorisé du sort ; il meurt en défendant son drapeau. Mais son âme qui s'envole est bientôt consolée, car le génie de la Patrie, qui la reçoit dans ses bras, s'écrie, comme dans la sublime inspiration de Mercié :

GLORIA VICTIS !

APPENDICE

PIÈCES JUSTIFICATIVES ET DIVERSES

NOTES DE M. LE DOCTEUR LEGRAND DU SAULLE

CHARGÉ DE L'UN DES SERVICES DES VARIOLEUX, A BICÊTRE

« L'hôpital militaire de Bicêtre a reçu 8,209 varioleux qui ont donné lieu à 1,273 décès...

« Quatre-vingts cas de variole noire ont été observés : soixante-quatorze décès très rapides.

« Les malades arrivaient en cacolets par un froid très rigoureux ; ils étaient parfois restés dans les tranchées jusqu'à l'apparition de l'exanthème et l'hôpital de Bicêtre n'a pas été chauffé à partir du 20 décembre, le combustible ayant fait totalement défaut. La température des salles était donc très basse ; la tisane y gelait ! La sollicitude des médecins venait se briser contre les circonstances les plus douloureuses. Les malades, le plus souvent, étaient privés de sommeil à cause du bruit du canon qui était incessant pendant le bombardement... »

LA RUPTURE AVEC LA PRUSSE

« M. LE PRÉSIDENT. — Ainsi, il n'y a pas eu un seul mauvais procédé de votre part vis-à-vis de la Prusse ni de la part de la Prusse vis-à-vis de vous ; vous n'avez reçu d'autre offense que le refus d'une audience de congé que vous aviez sollicitée ?

« M. LE COMTE BENEDETTI. — Je vous demande pardon, le roi n'a pas refusé de me recevoir. »

(Commission d'enquête sur le 4 septembre. — Déposition de l'ancien ambassadeur de France à Berlin, M. Benedetti.)

Outre le témoignage invoqué dans la note du bas de la page 15, concernant la dépêche d'Ems, attribuée à Bismarck, les *Souvenirs du comte de Roon,* publiés en 1891, fixent l'opinion sur ce point. Il y est affirmé que cette dépêche, qui rendit la guerre inévitable, fut fabriquée de toutes pièces, en plein Conseil de ministres, à Berlin.

Dès le début de la guerre, le journal le

Wolksstaat avait publié un article intitulé *Un crime sans nom,* dans lequel il accusait M. de Bismarck d'avoir forcé la France à déclarer la guerre au moyen de cette honteuse superche-rie. L'auteur de cet article, M. Liebnecht, fut alors condamné à une amende de 360 marcks.

LES PRÉPARATIFS DE LA GUERRE

Les ministres de l'empire ont déclaré, à maintes reprises, que *tout était prêt.* Le minis-tre de la guerre disait aux Chambres : *Il ne nous manque pas un seul bouton de guêtre.*

Lisons les quelques dépêches suivantes et nous serons fixés :

GÉNÉRAL DE FAILLY A GUERRE. *Bitche,* 18 *juillet* 1870. « Point d'argent dans les caisses publiques des environs. Point d'argent dans les caisses du corps. »

GÉNÉRAL DUCROT A GUERRE. 19 *juillet* 1870. « Aucune mesure prise pour assurer les fournitures de viandes. »

INTENDANT GÉNÉRAL A BLONDEAU, directeur administra-tion Guerre. *Metz,* 20 *juillet* 1870. « Il n'y a à Metz ni sucre, ni café, ni riz, ni eau-de-vie, ni sel, peu de lard ou de biscuit.... »

GÉNÉRAL MICHEL A GUERRE. *Belfort,* 21 *juillet.* « Suis arrivé, pas trouvé ma brigade ; pas trouvé général de division. Sais pas où sont mes régiments ! ... »

GÉNÉRAL COMMANDANT 4° CORPS AU MAJOR GÉNÉRAL. *Thionville*, 24 *juillet*. « Le 4ᵉ corps n'a ni cantines, ni ambulances, ni voitures d'équipages... Tout est complètement dégarni... »

SOUS-INTENDANT A GUERRE. *Mézières*, 25 *juillet* 1870. « Il n'existe aujourd'hui, dans les places de Mézières et de Sedan, ni biscuits, ni salaisons... »

GÉNÉRAL SUBDIVISION A GÉNÉRAL DIVISION. *Verdun*, 7 *août* 1870. « Il manque à Verdun, comme approvisionnement de siège, vin, eau-de-vie, sucre, café, lard, légumes secs, viande fraîche... »

PRÉFET DES VOSGES A INTÉRIEUR. 7 *août* 1870. « A Épinal, depuis quatre jours, quatre mille mobiles sans armes. »

INTENDANT 6ᵉ CORPS A GUERRE. *Camp de Châlons*, 8 *août* 1870. « Je n'ai pas une ration de biscuits, ni de vivres de campagne.... »

MARÉCHAL CANROBERT A GUERRE. *Camp de Châlons*, 10 *août* 1870. « Je continue à n'avoir ni marmites, ni gamelles... Nous n'avons ni sacs de couchage, ni assez de chemises, ni assez de chaussures. »

Nous pourrions multiplier ces preuves de l'incurie et de l'imprévoyance de l'administration impériale. Mais celles-ci sont suffisantes. *Partout, il en était ainsi.* Les soldats mouraient de faim ; les munitions de guerre manquaient ; les places de la défense étaient insuffisamment armées, le service médical n'existait pour ainsi dire pas. « Aucune des villes voisines de la frontière allemande, dit M. le lieutenant-colonel Prévost, ne possédait l'armement convenable, surtout en fait d'affûts. Les pièces rayées, les canons nouveaux y étaient rares ; il en était de même pour les munitions et les vivres, les médicaments, les approvisionnements de toutes sortes. »

LE MASSACRE DES DÉFENSEURS DU PAYS

BAZEILLES

« Au moment où nous entrions, — dit M. Domenech (1), aumônier attaché aux ambulances de la Presse française, — nous vîmes avancer lentement, vers la Meuse, une file de prisonniers en tête desquels marchaient douze habitants de Bazeilles et une femme qu'on allait fusiller. A midi, les Allemands fusillèrent un autre groupe dans lequel on comptait six femmes ; dans la commune, au coin d'une rue, se trouvait un troisième groupe de cinq femmes attachées par les mains et fusillées. Si nous n'avions pas vu ces faits, nous ne les aurions pas crus, car nous n'étions point encore habitués aux monstruosités sauvages commises par

(1) *Histoire de la campagne de 1870-1871*, p. 220 et suiv.

12

les Allemands pendant cette guerre qui les cou-
vrira à tout jamais d'une tache infamante. Le
prétexte invoqué par ces barbares pour justi-
fier ces actes inqualifiables, c'est que les habitants de Bazeilles se sont défendus en faisant
cause commune avec notre armée ; c'est aussi
ce prétexte qu'ils ont invoqué pour incendier
avec des torches le 1er et le 2 septembre, les
maisons, les usines, la mairie, en un mot toute
la ville. »

Sept à huit cents blessés périrent dans les
flammes !

« Si j'étais du gouvernement français, —
ajoute l'écrivain que nous citons, — je défen-
drais la reconstruction de Bazeilles ; je ferais
entourer ses ruines d'une grille funéraire
et je léguerais à la postérité ce trophée du
vandalisme allemand, comme un flétrissant
témoignage de l'infamie du roi Guillaume et
de ses valets iniques. »

LES GUET-APENS

On a dit que les Prussiens, en plein combat,
avaient souvent simulé la reddition et qu'au
moment où les Français cessaient leur feu et
s'approchaient sans défiance, ils tiraient sur

eux. Mais on ne pouvait croire à une pareille infamie. Il faut cependant se rendre à la vérité, devant la réalité de ces faits ignobles que nos ennemis qualifiaient de *ruses de guerre*.

Le 7 décembre, à Beaugency, raconte un témoin (1), les mobiles de l'Isère, emportés par leur courage et ne voulant pas être écrasés de loin par les obus, arrivèrent au pas gymnastique sur les Prussiens. A cent mètres, ceux-ci levèrent la crosse en l'air, indiquant par là qu'ils se rendaient ; le commandant du bataillon fit aussitôt cesser le feu et s'avança. Les Prussiens baissèrent alors leurs fusils, découvrirent une batterie chargée à mitraille et massacrèrent à bout portant les mobiles.

L'Allemand seul ose se servir d'un procédé aussi odieux pour assassiner à son aise un ennemi à brûle-pourpoint. Le Français désire le succès et la gloire, mais il les veut sans tache. Ce n'est pas lui qui, profitant de l'obscurité ou de la ressemblance des uniformes, s'écriera, comme les Prussiens le firent bien des fois : « Ne tirez pas, nous sommes des amis. »

(1) M. Domenech, déjà cité.

LE TIR SUR LES BLESSÉS

MASSACRES DANS LES AMBULANCES

M. de Bismarck, dans une lettre adressée à M. Kern et que nous publions plus loin, donne l'assurance « que l'artillerie allemande ne dirige pas son feu avec intention sur des constructions occupées par des femmes, par des enfants ou des malades ».

On a vu cette allégation démentie par les faits. Nous avons donné plus haut les protestations des médecins de nos hôpitaux. Nous ajoutons à ces déclarations indignées les récits suivants dont le premier est tiré d'un ouvrage déjà cité (1):

« Les Allemands avaient déjà pris et maltraité le personnel de nos ambulances volantes, tiré sur nos hôpitaux, mais ils n'avaient point encore égorgé nos hospitaliers. Dans la nuit du 21 au 22 janvier, ils comblèrent cette lacune au village d'Hauteville. Vers minuit, les Prussiens entrèrent dans la maison où notre ambulance avait été établie, c'est-à-dire à peu près au milieu de la commune. Nos médecins

(1) *Histoire de la campagne de* 1870-1871 *et de la* 2ᵉ *ambulance de la Presse,* p. 383.

et nos infirmiers, brassard au bras et portant les insignes de la convention de Genève, furent massacrés en pansant les blessés. Le chirurgien-major, M. Morin, de Lyon, reçut deux coups de crosse sur la tête ; un officier lui tira un coup de revolver et les soldats finirent de le tuer à coups de baïonnettes. Le docteur Maillard fut assassiné de la même manière... Les infirmiers, plus ou moins blessés, ne durent leur salut qu'en contrefaisant les morts. L'un d'eux servit de cible ! » Ce massacre opéré, l'ambulance fut pillée.

A Forbach, les Prussiens tirèrent sur une ambulance surmontée du drapeau de Genève. Tout à coup les Bavarois font irruption dans la salle et chargent nos blessés à la baïonnette. Une ambulancière, sœur de charité, releva leurs fusils transformés en armes d'assassins. Saisissant alors la pauvre femme, les soldats ennemis, furieux, lui coupèrent les deux mains !

RICHARD WALLACE

Nous devons quelques lignes de souvenir respectueux à Richard Wallace, l'homme de bien dont nous avons parlé dans le cours de cet ouvrage.

12.

Pendant le siège, ce généreux philanthrope fit un don de trois cent mille francs pour organiser les secours militaires, ouvrit dans sa maison même une ambulance très bien organisée, remit d'autres sommes considérables à la ville de Paris, distribua constamment des bons de vivres dans les mairies, fit d'énormes achats de combustibles pour les indigents ; prit l'initiative d'une souscription en faveur des familles obligées de fuir leurs demeures et s'y inscrivit pour cent mille francs. A ces bienfaits, il faut en ajouter encore d'autres qui n'ont point été portés à la connaissance du public (1).

Richard Wallace était un grand cœur ; il a bien mérité de l'humanité. Paris, dont il fut le bienfaiteur, a voulu lui prouver sa reconnaissance en donnant son nom à l'une de ses rues.

(1) Richard Wallace a donné près d'un million de francs à la population parisienne, pendant le siège.

BUZENVAL

LE COMBAT RACONTÉ PAR UN TÉMOIN (CH. YRIARTE) [1]

Nous avons assisté à l'opération à la gauche ; les troupes que nous suivions avaient pour objectif la redoute de Montretout, la maison de Béarn, le parc Pozzo et la maison Zimmermann.

L'objectif général était de s'emparer des hauteurs, d'une rive de la Seine (celle de Saint-Cloud opposée au Bois de Boulogne) à l'autre rive (celle de Bougival). C'était le but qu'on se proposait pour le premier jour ; ces hauteurs une fois occupées, on devait s'y fortifier et le second jour descendre sur Vaucresson, Ville-d'Avray, Villeneuve-l'Étang et menacer Versailles.

Vinoy commandait la gauche, s'appuyant à la Seine ; Bellemare était au centre et Ducrot tenait la droite, s'appuyant un peu au-dessus de la route de Rueil.

Le colonel Monneron-Dupin longeait le quai ou plutôt les coteaux de vignes qui dominent le quai, entrait dans le parc de Béarn par une brèche pratiquée au mur d'enceinte.

(1) M. Ch. Yriarte appartenait à l'état-major du général Vinoy.

Le général Noël partait de la Briqueterie, divisait sa colonne en deux, entrait par la droite et par la gauche dans la redoute et s'y établissait ; le général de Bellemare divisait ses forces en trois colonnes, lançait l'une sur la *maison du Curé*, l'autre sur la crête de Garches (point 155) pour aboutir à la maison Craon, la troisième sur une éminence qui domine l'hospice Brézin. Son point de départ était la ferme de Fouilleuse.

Le général Ducrot, lui, avait aussi trois colonnes partant de la *maison Crochard*, opérant sur le parc de Buzenval (partie ouest) et aboutissant au rond-point et à la Bergerie, par la porte dite du *Longboyau*.

La colonne Monneron-Dupin a commencé son mouvement au signal convenu, n'a pas découvert l'ennemi avant le parc, n'a trouvé là qu'une résistance tout à fait insignifiante, s'est logée dans le château en ruine, dans le parc et dans la maison Zimmermann, en ne perdant que quelques hommes. Cependant, la rue du Calvaire qui met Saint-Cloud en communication avec la route stratégique était occupée, et l'ennemi, enfilant avec la fusillade la longue allée qui de la grille du parc va jusqu'au château, rendait la circulation difficile.

Le colonel Monneron a cru devoir remonter un peu la route stratégique et occuper celle de Saint-Cloud. Pour sa part, il a rempli son objectif avec vigueur.

Le général Noël a trouvé la redoute fortement occupée ; nous ne fixons pas le nombre des hommes qui la défendaient, ils appartenaient au 58° régiment (Posen) ; pas un d'eux ne parlait allemand et il a fallu un interprète polonais pour obtenir d'eux quelques renseignements.

Abrité derrière cette fortification, l'ennemi a fait une vive résistance, il a arrêté nos troupes pendant près de trois heures ; enfin, vers dix heures et demie, nous avons eu la satisfaction de voir les nôtres franchir les fossés, gravir les glacis et prendre possession.

Ce résultat obtenu, on entrait dans le parc des Pozzo par la nouvelle route qui mène au parc réservé ; on s'y établissait, et le bataillon des mobiles de la Loire-Inférieure, commandé par M. de Lareinty, traversait la route nationale et s'installait en face des Pozzo, dans le chalet et le jardin de M°° Zimmermann.

Une tranchée reliait la redoute de Montre-tout à la Maison du Curé ; on en chassait l'ennemi, et le général de Bellemare au centre, ayant réussi son mouvement, occupait cette maison et le plateau de Garches ; le but de notre gauche était complètement atteint vers onze heures du matin.

Nous n'entendions pas encore la fusillade sur la droite ; le but à atteindre par le général Ducrot était bien autrement difficile, et l'accès en était beaucoup plus vigoureusement défendu. Nous avons appris le soir seulement que ce général n'avait pu s'avancer, malgré d'héroïques efforts, que jusqu'au Longboyau lui-même, ce qui rendait désormais la journée incomplète comme ensemble d'opérations, si le résultat obtenu sur la gauche n'avait pas été lui-même annulé par une rupture, non pas de la gauche en général, mais de la *gauche du centre*.

Laissant de côté les efforts particuliers du général Ducrot, efforts énormes, des plus honorables quoique infructueux, et auxquels nous n'avons pas pu assister puisque nous nous étions portés vers Montretout, nous essayons de caractériser la seule opération partielle que nous connaissons exactement.

Au petit jour, l'ennemi avait été surpris ; il occupait la redoute et les hauteurs sans doute, mais, ne s'attendant pas à cette vigoureuse attaque, il avait dû les abandonner ; on tenta donc de s'y établir. A peine la redoute occupée, les batteries de Breteuil, de la Brosse et de Ville-d'Avray firent converger leurs feux sur les crêtes, criblèrent d'obus la redoute de Montretout et nous rendirent la situation intenable.

En vain donna-t-on l'ordre d'amener l'artillerie et de contrebattre les feux ennemis ; pas une pièce ne put être mise en batterie.

Nos canons attelés, s'avançant sur le revers du coteau, devaient tirer de bas en haut, pardessus la crête, sur un ennemi invisible ; et toute pièce qui essayait de gravir le coteau était une pièce en péril. On se résolut donc à *se terrer* derrière les tranchées, surveillant toute attaque offensive et prêt à la repousser.

Mais un tel mouvement ne peut réussir qu'à la condition que toutes les parties convergent et aboutissent, et on remarquera, comme le dit le rapport militaire, que le général de Bellemare, au centre, n'avait pas sa droite appuyée, puisque le mouvement du général Ducrot n'aboutissait pas.

C'est alors que l'ennemi, qui avait eu le temps de faire venir ses réserves de Versailles, se précipita avec une grande impétuosité, et avec des forces considérables sur les points dont on s'était emparé, s'efforçant d'enfoncer la gauche du centre, entre la Maison du Curé et la redoute. Son artillerie tout d'abord jetait le désordre dans les réserves massées sur le revers du coteau de Garches, et son infanterie s'avançait, faisant un feu terrible. C'est le moment de la journée où nos pertes ont dû être les plus sensibles.

Alors nous eûmes la douleur de voir nos forces céder sous le nombre et le mouvement de retraite se dessiner. Cependant, la brigade Avril de Lenclos ayant été mise à la disposition du général de Beaufort, qui ne voulut pas s'en servir parce qu'il tenait ferme de son côté, elle fut cédée au général de Bellemare, et nous vîmes ces forces très serrées, très fermes, gravir les crêtes et repousser l'ennemi avec une grande vigueur ; mais il fallait de l'artillerie, et ces terrains en pente, battus par la pluie, exposés au feu des batteries de la Brosse (Porte Jaune), de Breteuil et de Ville-d'Avray, étaient impraticables pour nos pièces.

L'ennemi, à la faveur du brouillard et de la nuit qui commençait à tomber, prononça une autre attaque offensive et nous contraignit d'abandonner les hauteurs.

Les brancardiers descendirent les premiers ; puis vinrent les tirailleurs déployés ; enfin les masses stationnaires qui étaient au repos, l'arme au pied, se débandèrent à leur tour.

Montretout, toujours occupé, restait *en l'air* par la rupture de la gauche du centre ; quatre pièces de douze qu'on s'était efforcé d'y traîner s'étaient enfoncées dans ce sable jaune où les roues entrent jusqu'au moyeu. Le général Vinoy se préoccupait de ne point les laisser à l'ennemi. Le général de Beaufort tint bon contre ceux qui trouvaient la besogne un peu rude sous les obus ennemis ; on parvint à les mettre en sûreté.

On eût pu à la rigueur garder Montretout, mais l'avantage était mince, puisque la redoute ne peut être armée à cause des batteries de la Brosse, de Breteuil et de Ville-d'Avray qui la criblent, et que, d'un autre côté, étant sous le feu du Mont-Valérien, l'ennemi n'y peut laisser que des postes : on résolut donc de se retirer.

Les détachements qui occupaient la maison Zimmermann devaient se replier sur ceux de la maison Pozzo, qui à leur tour se seraient repliés sur la redoute et de là sous le feu des forts. Mais déjà l'ennemi, venu par les tunnels et les escaliers de l'ancienne gare, était entré dans le parc de Montretout par les brèches de la maison Mombro et le cimetière, et une partie du bataillon de la Loire-Inférieure resta cernée dans la maison séparée des Pozzo par la route nationale.

M. de Lareinty dut se rendre, après avoir vaillamment épuisé ses munitions, car il était coupé de sa ligne de retraite.

Ce n'est qu'à deux heures de la nuit que la colonne Monneron abandonna ses positions ; mais le mouvement dénoncé, l'ennemi prévenu comme il l'était, l'opération de la droite arrêtée dès le début après un combat très meurtrier, on prit la résolution d'abandonner celles des positions qui restaient acquises et dont la possession était sans aucun avantage sérieux.

UN HÉROS

Félix Sauton, caporal fourrier au 106ᵉ bataillon de la Garde nationale, est mort à vingt-deux ans, dans ce parc de Buzenval où les baïonnettes de nos gardes nationaux faisaient héroïquement, follement, ce qu'aurait dû faire notre artillerie de campagne.

Félix Sauton avait reçu la médaille militaire; c'était la juste récompense de sa conduite à la Gare-aux-Bœufs, dans la matinée du 29 octobre. Mais il ne portait pas cette décoration ; on le lui reprochait amicalement.

« Bah ! disait-il, cela viendra plus tard, je n'ai pas assez fait encore pour la patrie ! »

A Buzenval, une balle lui fracassait le coude et pénétrait jusqu'au cœur. Un camarade se pencha vers le mourant, et recueillit ces dernières paroles : « *Elle* est là, dans ma poche, tu peux me la mettre maintenant ! »

UNE HÉROÏNE

Lors de l'attaque du château de Buzenval, le colonel de Brancion fit déployer plusieurs compagnies en tirailleurs. Les 72ᵉ et 69ᵉ bataillons de la Garde nationale s'avancèrent en tête des colonnes d'attaque ; une cantinière, Mᵐᵉ Philippe, se trouvait au premier rang, à côté d'un caporal, son beau-père.

Dès les premiers coups de feu, le caporal tomba roide mort ; sa bru s'empara aussitôt de son fusil et de ses cartouches, et, prenant la place laissée vide, combattit héroïquement. Un instant avant la fin de l'action, une partie des gardes nationaux s'étant repliée, la cantinière les rallia, et ne posa son fusil que pour donner ses soins au commandant du bataillon qui venait de recevoir une balle dans la cuisse. Quand le pansement fut terminé, elle remit le blessé aux brancardiers.

Le soir venu, le régiment entra à Neuilly ; la cantinière ne l'y rejoignit qu'à dix heures du soir, après avoir été panser des blessés sur le champ de bataille.

Mᵐᵉ Philippe a été décorée de la médaille militaire.

GARDE NATIONALE DE LA SEINE

Ordre du jour

C'est avec fierté que le commandant supérieur de la garde nationale rend hommage, par la voie de l'ordre, au courage dont ont fait preuve les régiments de Paris engagés dans la bataille du 19 janvier. Il a eu la satisfaction de l'entendre louer, sur le terrain même, par les divers chefs de l'armée sous les ordres desquels ces régiments ont combattu.

Engagés dès le point du jour, ils ont soutenu avec ardeur une lutte que l'état de l'atmosphère rendait plus difficile, jusqu'à une heure avancée de la nuit qui seule a mis fin au combat.

N'ayant pas encore reçu des chefs de corps les renseignements nécessaires, le commandant supérieur ne peut faire connaître aujourd'hui les noms des officiers, sous-officiers et gardes qui ont succombé, ou de ceux qui se sont particulièrement distingués.

Mais, dès aujourd'hui, il ne craint pas de dire ce mot qui sera répété par la France entière : « Dans la journée du 19 janvier, la Garde nationale de Paris, comme l'armée et comme la mobile, a fait dignement son devoir. »

Le général commandant supérieur,
Signé : CLÉMENT THOMAS.

UNE MALHEUREUSE DÉPÊCHE

La note par laquelle le général Trochu demandait un armistice de deux jours, de grands efforts, des voitures solidement attelées et un grand nombre de brancardiers, était-elle, oui ou non, destinée à la publicité ? En tous cas, elle a été communiquée à tous les journaux de Paris ; elle a figuré au *Journal officiel*. L'effet de cette communication lugubre a été déplorable. On s'est demandé si elle n'était pas le résultat d'une véritable hallucination.

Il est impossible de se rendre compte des circonstances qui ont précédé et provoqué un acte public d'une telle portée. Les renseignements puisés aux meilleures sources établissent ainsi le chiffre de nos pertes :

De deux mille cinq cents à deux mille huit cents tués, blessés ou disparus, chiffre maximum.

Le vendredi, à deux heures, le dernier blessé descendait à Rueil, sur le dernier cacolet. On renvoyait à Paris deux cent cinquante brancardiers, *absolument inutiles.*

LES PERTES

Dix-sept régiments de la Garde nationale de Paris prirent part à la bataille de Buzenval ; ils perdirent 1,630 hommes dont 283 tués, 1,182 blessés et 165 disparus.

Les Prussiens s'étaient retranchés dans le parc de Buzenval qu'ils avaient mis en état de

défense. Les murs de ce parc avaient été percés
de nombreuses meurtrières. C'est devant ces
créneaux que vinrent se briser les efforts de
plusieurs de nos régiments de citoyens-soldats.
Pendant cinq heures, ils essayèrent sans succès de franchir ces obstacles redoutables. Il
eût fallu du canon, ou tout au moins de la
dynamite pour faire brèche; rien n'arriva et
l'ennemi, parfaitement abrité, continua le massacre à son aise. Dans leur désespoir, les gardes
nationaux, pris d'une rage folle, tentèrent d'arracher les pierres de ces murailles maudites
avec leurs ongles et leurs baïonnettes, car de
l'autre côté de cette horrible barrière, d'où ils
étaient fusillés à bout portant, ils entrevoyaient
Versailles et la France!...

Le commandant du 136ᵉ bataillon (1) (17ᵉ
régiment), fut tué là en montant à l'assaut; le
18ᵉ régiment y eut son colonel blessé (2) et, sur
un effectif de seize cents hommes, en eut trois
cents hors de combat; il avait chargé cinq fois.

Nous regrettons de ne pouvoir donner d'autres
résultats partiels. Nous aurions voulu indiquer
le nombre de blessés et de morts du bataillon
des mobiles de la Vendée au milieu duquel le
général Trochu paraissait chercher la mort,

(1) M. Boularon.
(2) M. Langlois,

chargeant l'ennemi, comme un simple soldat, sous une pluie de balles et de mitraille.

Ainsi qu'un vautour guettant sa proie, le César allemand, juché sur l'aqueduc de Marly, suivait les péripéties du combat et voyait de là-haut combattre et mourir l'héroïque Garde nationale parisienne.

UNE RÉPONSE DE M. DE MOLTKE

A LA SOCIÉTÉ DE LA PAIX

La guerre, suivant nous, doit disparaître un jour sous l'horreur et le mépris des nations. Arracher les fils des bras de leurs mères éplorées, faire disparaître par le fer et le feu les frères, les fiancés et les époux, cela ne se fera pas toujours. Ces hécatombes humaines, ces tueries ordonnées par le caprice ou l'ambition de maîtres que la France n'a heureusement plus, feront bientôt place aux luttes pacifiques des peuples. Alors, le développement raisonné de la production générale, l'épanouissement de l'art sous toutes ses formes, aussi bien que les élans généreux et les conceptions humanitaires, constitueront seuls la gloire et l'honneur des patries (1).

(1) Discours prononcé par l'auteur à la distribution des prix de la Société d'encouragement à l'instruction, le 20 juillet 1890.

Voilà la guerre et voilà la paix !

Eh bien, savez-vous, lecteur, ce que le feld-maréchal de Moltke, le plus dur et le plus implacable de nos ennemis, répondit un jour à une adresse de la Société de la paix? Le voici :

« La paix perpétuelle est un rêve *et ce n'est même pas un beau rêve.*

« *La guerre est sainte et d'institution divine*; elle entretient chez les hommes tous les nobles sentiments : honneur, vertu, courage; *elle empêche le monde de tomber dans la pourriture.* »

Ces paroles sauvages ne sont pas autre chose que la glorification du massacre et l'apologie du pillage, du vol, de l'incendie, et d'autres horreurs. Cette allocution est encore plus forte que la justification, par M. de Bismarck, du bombardement de Paris.

JUSTIFICATION DU BOMBARDEMENT DE PARIS
PAR M. DE BISMARCK

Lettre en réponse à celle qui lui fut adressée par les membres du corps diplomatique et consulaire résidant à Paris.

Dans cette réponse, chef-d'œuvre d'astuce et de perfidie, on voit que les Prussiens ont des mœurs d'un autre âge. Pour eux, une ville investie peut être bombardée sans aucun avis, sans que la libre sortie ait été offerte aux vieillards, aux malades, aux enfants, aux femmes. La pitié leur est inconnue ; avec eux, l'humanité n'a pas fait un seul pas en avant, au contraire.

Versailles, 17 janvier 1871.

Le comte de Bismark-Schoenhaussen,
chancelier de la Confédération de l'Allemagne du Nord
à Versailles,

A M. Kern, ministre de la Confédération suisse à Paris.

Monsieur le ministre, j'ai eu l'honneur de recevoir la lettre du 13 de ce mois, signée par vous et M. le ministre des États-Unis, ainsi que par plusieurs des agents diplomatiques accrédités antérieurement à Paris, par laquelle vous me demandez, en invoquant les principes du droit des gens, d'intervenir auprès des autorités militaires, pour que des mesures soient prises qui permettraient aux nationaux des signataires de se mettre à l'abri, eux et leurs propriétés, durant le siège de Paris.

Je regrette qu'il me soit impossible de reconnaître que les réclamations que les signataires de la lettre me font l'honneur de m'adresser, trouvent dans les principes du droit international l'appui nécessaire pour être justifiées.

Il est incontestable que la résolution, unique dans l'histoire moderne, de transformer en forteresse la capitale d'un grand pays, et de faire de ses environs un vaste camp fortifié renfermant presque trois millions d'habitants, a créé pour ces derniers un état de choses pénible et extrêmement regrettable. La responsabilité

13.

en retombe exclusivement sur ceux qui ont choisi cette
capitale pour en faire une forteresse et un champ de
bataille. Dans tous les cas, ceux qui ont élu leur domi-
cile dans une forteresse quelconque, et continuent de
leur gré à y séjourner pendant la guerre, ont dû être
préparés aux inconvénients qui en résultent.

Paris étant la forteresse la plus importante en France
dans laquelle l'ennemi a concentré ses forces principales
qui, de leurs positions fortifiées au milieu de la population, attaquent constamment les armées allemandes par
des sorties et par le feu de leur artillerie, aucun motif
valable ne peut être allégué pour exiger des généraux
allemands de renoncer à l'attaque de cette position fortifiée, ou de conduire les opérations militaires d'une
manière qui serait en contradiction avec le but qu'il
s'agit d'atteindre.

Je me permettrai de rappeler ici que, de notre côté,
rien n'a été négligé pour préserver la partie paisible de
la population appartenant à des pays neutres, des inconvénients et des dangers inséparables d'un siège. Le
26 septembre dernier, le secrétaire d'État, M. de Thile,
adressa une circulaire à ce sujet aux ministres accrédités à Berlin, et je fis observer de mon côté, par une
lettre en date du 10 octobre dernier, à son Excellence
le nonce apostolique et aux autres agents diplomatiques
résidant encore à Paris, que les habitants de la ville
auraient à supporter désormais les effets des opérations
militaires. Une seconde circulaire, en date du 4 octobre
dernier, s'attachait à faire ressortir les conséquences
qui résulteraient pour la population civile de Paris
d'une résistance prolongée jusqu'à son extrême limite.

Le 29 du même mois, le contenu de cette circulaire
fut communiqué par moi à M. le ministre des États-
Unis d'Amérique, que je priai en même temps d'en don-

ner connaissance aux membres du corps diplomatique.

Il résulte de ce qui précède que les avertissements et les recommandations de quitter la ville assiégée n'ont pas fait défaut aux nationaux des puissances neutres, quoique ces avertissements, inspirés par un sentiment d'humanité et par les égards que nous tenons à témoigner aux citoyens appartenant à des nations amies, soient aussi peu prescrits par les principes du droit international que la permission qui leur fut accordée de franchir nos lignes.

Les usages et les principes reconnus du droit des gens exigent encore moins que l'assiégeant avertisse l'assiégé des opérations militaires qu'il croit devoir entreprendre dans le cours du siège, comme j'ai eu l'honneur de le constater relativement au bombardement, dans une lettre adressée à M. Jules Favre, le 26 décembre dernier. Il était évident que le bombardement de Paris devait avoir lieu, si la résistance était prolongée, et on devait par conséquent s'y attendre. Quoiqu'un exemple d'une ville fortifiée de cette importance et contenant dans ses murs des armées et des moyens de guerre aussi nombreux, fût inconnu à Vattel, il dit à ce sujet :

« Détruire une ville par les bombes et les boulets rouges est une extrémité à laquelle on ne se porte pas sans de grandes raisons. Mais elle est autorisée cependant par les lois de la guerre, lorsqu'on n'est pas en état de réduire autrement une place importante de laquelle peut dépendre le succès de la guerre ou qui sert à nous porter des coups dangereux. »

Dans le cas actuel, il serait d'autant moins fondé d'élever une objection contre le siège de Paris, que notre intention n'est nullement de détruire la ville, ce qui serait pourtant admissible d'après le principe émis par Vattel, mais de rendre intenable la position centrale et fortifiée où l'armée française prépare ses attaques contre les troupes allemandes, et qui lui sert de refuge après leur exécution.

Je me permettrai enfin de vous faire remarquer, monsieur le ministre, ainsi qu'aux autres signataires de la lettre du 13 de ce mois, qu'après les avertissements que j'ai rappelés, il a été permis pendant des mois entiers, aux neutres qui en faisaient la demande, de franchir nos lignes sans autre restriction que de faire constater leur nationalité et leur identité, et que, jusqu'à ce jour, nos avant-postes mettaient à la disposition des membres du corps diplomatique et de ceux qui étaient réclamés par leurs gouvernements ou par leurs représentants diplomatiques, des sauf-conduits pour continuer leur voyage. Plusieurs des signataires de la lettre du 13 janvier courant sont avertis depuis quelques mois qu'ils peuvent franchir nos lignes et ils ont depuis longtemps l'autorisation de leurs gouvernements respectifs de quitter Paris.

Des centaines de nationaux des puissances neutres, dont les représentants nous avaient adressé la même demande en leur faveur, se trouvent dans une situation analogue. Nous n'avons pas de renseignements authentiques sur les raisons qui les ont empêchés de profiter d'une permission qu'ils possèdent depuis si longtemps. Mais, s'il faut en croire des communications particulières, ce sont les autorités françaises qui s'opposent à leur départ et même à celui de leurs représentants diplomatiques. Si cette information est exacte, il n'y aurait qu'à recommander à ceux qui sont forcés, contre leur gré, de séjourner encore à Paris, d'adresser leurs plaintes et leurs protestations aux représentants du pouvoir actuel.

Dans tous les cas, je me crois autorisé, d'après ce qui précède, à ne pas admettre, en ce qui concerne les autorités allemandes, l'assertion contenue dans la lettre du 13 janvier, que les nationaux des signataires auraient été « empêchés de se soustraire au danger par les difficultés opposées à leur départ par les belligérants ».

Nous maintiendrons même aujourd'hui l'autorisation accordée aux membres du corps diplomatique de franchir nos lignes, que nous considérons comme un devoir de courtoisie internationale, quelque difficile et nuisible que puisse en être l'exécution pour les opérations militaires dans la phase actuelle du siège. Quant à leurs nombreux nationaux, je regrette de ne voir plus, à l'heure qu'il est, d'autre moyen que la reddition de Paris pour les mettre à l'abri des dangers inséparables du siège d'une forteresse.

S'il était admissible, sous le point de vue militaire, d'organiser la sortie de Paris d'une partie de la population que l'on peut évaluer à cinquante mille hommes avec leurs familles et leurs biens, nous n'aurions pas les moyens de pourvoir à leur alimentation ni aux moyens de transport qui seraient nécessaires pour leur faire franchir la zone que les autorités françaises ont fait évacuer et dégarnir de toutes ressources avant l'investissement de la ville. Nous nous trouvons dans la triste situation de ne pas pouvoir subordonner l'action militaire aux sympathies que nous inspirent les souffrances de la population civile de Paris ; notre ligne de conduite est rigoureusement tracée par les nécessités de la guerre et par le devoir de préserver nos troupes contre de nouvelles attaques de l'armée ennemie.

Après l'observation consciencieuse de la convention de Genève, dont nous avons fait preuve dans les circonstances les plus difficiles, il serait superflu de donner l'assurance que l'artillerie allemande ne dirige pas son feu avec intention sur des constructions occupées par des femmes, par des enfants ou des malades (1).

Par suite de la nature des fortifications de Paris, et de la distance à laquelle se trouvent encore nos batteries, il est aussi difficile d'éviter que des bâtiments que nous désirerions épargner soient endommagés par hasard, que de prévenir des blessures parmi la population civile, qui sont à déplorer dans le cours de chaque siège.

Si ces accidents pénibles, que nous regrettons sincèrement, se produisent à Paris sur une plus grande échelle que dans d'autres forteresses assiégées, il faut en conclure qu'on aurait dû éviter d'en faire une forteresse ou de prolonger la défense au delà d'un certain terme.

En aucun cas il ne peut être permis à une nation quelconque, après avoir déclaré la guerre à ses voisins, de préserver sa forteresse principale de la reddition, en invoquant les égards de l'ennemi pour la population inoffensive, les étrangers qui habitent la forteresse, ou les hôpitaux qui s'y trouvent et au milieu desquels ses troupes cherchent un asile, dans lequel, après chacune de leurs attaques, elles pourraient, à l'abri des hôpitaux, en préparer d'autres.

Je vous prie, monsieur le ministre, de vouloir bien porter le contenu de ma réponse à la connaissance des signataires de la lettre du 13 janvier dernier, et d'agréer l'assurance réitérée de ma haute considération.

VON BISMARCK.

---

(1) Cette allégation est détruite par les faits. Voyez les protestations motivées des médecins de nos hôpitaux.

LA POSTE AÉROSTATIQUE PENDANT LE SIÈGE DE PARIS

La poste fit partir, pendant le siège de Paris, cinquante-cinq ballons chargés de 9,548 kilogr. de dépêches, ce qui devait représenter environ trois millions et demi de lettres. Des cages renfermant des pigeons voyageurs furent accrochées aux aérostats ; la photographie microscopique réduisit les envois écrits à de si petites proportions qu'un seul pigeon put porter sous ses ailes la valeur d'un in-8° de 36 pages, sous le poids d'un gramme. Chaque pigeon pouvait porter cinquante mille dépêches et plus. Souvent les Allemands tirèrent sur les ballons : ils en prirent six ; quelques aéronautes, faits prisonniers, furent violemment maltraités. Werrecke, qui montait le *Général-Chanzy*, tomba en Bavière à Rotemberg. Il fut blessé, passa en jugement et fut interné dans la forteresse de Munich. D'autres aérostats prirent terre en Hollande et jusqu'en Norvège après de cruelles péripéties de voyage que nous ne pouvons rapporter ici, mais parmi lesquelles nous citerons, après le percement et le dégonflement des aérostats par les projectiles, le passage au-dessus des mers.

Le 23 septembre, l'un de ces ballons (le premier, croyons-nous), passait au-dessus des lignes prussiennes. En l'apercevant, M. de Bismarck s'écria avec colère : *Ce n'est pas loyal !*

Exclamation absolument ridicule, on en conviendra.

L'INCENDIE DE SAINT-CLOUD

La ville de Saint-Cloud fut incendiée par les Allemands le 28 janvier 1871, au moment même où les signatures s'apposaient sur l'acte de la capitulation de Paris. La preuve de cette sauvagerie existe encore à la mairie de la cité reconstruite; c'est une persienne provenant d'une maison de la place de l'Église et sur laquelle on lit, écrite en allemand, une inscription dont voici la traduction :

Cette maison sera épargnée jusqu'à nouvel ordre.

Signé : JACOBI,
Major général de l'État-Major.

SAINT-DENIS

A Saint-Denis, il était, la plupart du temps, impossible d'essayer d'éteindre les incendies, car l'artillerie ennemie redoublait de fureur sur les maisons en feu et c'était courir à une mort certaine que de se dévouer en pareil cas.

Cependant, l'hôtel du Grand-Cerf, la belle

usine Claparède, la caserne et la prison ont pu, au milieu des plus grands dangers, être sauvés par la Garde nationale et les pompiers. Mais plusieurs maisons, entre autres rue de la Fromagerie, ont dû être abandonnées aux flammes.

Pas une rue n'était praticable à la circulation ; les obus, les boîtes à mitraille et les bombes y faisaient rage. Une certaine quantité de cadavres restèrent sans sépulture, car il était impossible de les enlever ; en outre, le cimetière était inabordable, tant les projectiles le criblaient.

Lorsque les Prussiens, pour la deuxième fois, sommèrent la ville de se rendre en la menaçant de bombes incendiaires, la municipalité, d'accord avec les habitants, leur fit cette belle et fière réponse :

Tout est prévu, hormis la capitulation.

COMMUNICATION DU GOUVERNEMENT

(Extrait du *Journal officiel* à la date du 29 janvier 1871.)

Le gouvernement a annoncé qu'il donnerait la preuve irréfragable que Paris a poussé la résistance jusqu'aux extrêmes limites du possible. Hier encore, il y avait inconvénient grave à publier des informations de ce genre. Aujourd'hui que la convention relative à l'armistice est signée, le gouvernement peut remplir sa promesse.

Il faut d'abord se remettre en mémoire ce que trop de personnes semblent avoir oublié ; c'est qu'au début de l'investissement, les plus optimistes n'osaient pas croire à un siège de plus de six ou sept semaines.

Lorsque, le 8 septembre, le *Journal officiel*, répétant une déclaration affichée sur les murailles par M. Magnin, ministre du commerce, affirmait « que les approvisionnements en viandes, liquides et objets alimentaires de toute espèce, seraient largement suffisants pour assurer l'alimentation d'une population de deux millions d'âmes pendant deux mois », cette assertion était généralement accueillie par un sourire d'incrédulité. Or, quatre mois et vingt jours se sont écoulés depuis le 8 septembre.

Au milieu des plus dures privations, devenues, pendant ces dernières semaines, de cruelles souffrances, Paris a résisté aussi longtemps qu'il a pu raisonnablement espérer le secours des armées extérieures, aussi longtemps qu'un morceau de pain lui est resté pour nourrir ses habitants et ses défenseurs. Il ne s'est arrêté que lorsque les nouvelles venues de province lui ont arraché tout espoir, en même temps que l'état de ses subsistances lui montrait la famine imminente et inévitable.

Le 27 janvier, c'est-à-dire huit jours après la dernière bataille livrée sous nos murs et presque au moment où nous apprenions les insuccès de Chanzy et de Faidherbe, il restait en magasin 42,000 quintaux métriques de blé, orge, seigle, riz et avoine, ce qui, réduit en farine, représente, à cause du faible rendement de l'avoine, 35,000 quintaux métriques de farine panifiable. Dans cette quantité sont compris 11,000 quintaux de blé et 6,000 quintaux de riz, cédés par l'administration de la guerre, laquelle ne possède plus que dix jours de vivres pour les troupes, si on les traite comme des troupes en campagne, savoir : 12,000 quintaux de riz, blé et farine, et 20,000 quintaux d'avoine. Telle était la situation de nos approvisionnements en céréales, à l'heure de l'ouverture des négociations.

En temps ordinaire, Paris emploie à sa subsistance 8,000 quintaux de farine par jour, c'est-à-dire 2,000,000 de livres de pain ; mais, du 22 septembre au 18 janvier, sa consommation a été réduite à une moyenne de 6,660 quintaux de farine par jour, et, depuis le 18 janvier, c'est-à-dire depuis le rationnement, cette consommation est descendue à 5,300 quintaux, soit un sixième de moins environ que la quantité habituelle, nous pourrions dire nécessaire.

En partant de ce chiffre de 5,300 quintaux, le total de nos approvisionnements représente une durée de sept jours.

A ces sept jours, on peut ajouter : *un* jour d'alimentation fournie par la farine actuellement distribuée aux boulangers, *trois* ou *quatre* jours auxquels subviendront les quantités de blé enlevées aux détenteurs par tous les moyens qu'il a été possible d'imaginer, et l'on arrive ainsi à reconnaître que nous avons du pain pour huit jours au moins, pour douze jours au plus.

Il n'est pas inutile de dire que, depuis trois semaines, il n'existe plus de provision en farine. Nos moulins ne fournissent chaque jour que la farine nécessaire au lendemain. Il eût suffi de quelques obus, tombant sur l'usine Cail (1), pour mettre instantanément en danger l'alimentation de toute la ville.

En ce qui concerne la viande, la situation peut se caractériser par un seul mot : depuis l'épuisement de

---

(1) L'usine Cail, ainsi que plusieurs autres grands établissements, avait été transformée en meunerie.

nos réserves de boucherie, nous avons vécu en mangeant du cheval. Il y avait 100,000 chevaux à Paris, il n'en reste plus que 33,000, en comprenant dans ce chiffre les chevaux de la guerre.

Ces 33,000 chevaux, d'ailleurs, ne sauraient être tous abattus sans les plus graves inconvénients. Plusieurs services, indispensables à la vie, seraient suspendus : ambulances, transport de grains, des farines et des combustibles ; services de l'éclairage et des vidanges, pompes funèbres, etc. Il nous faudra, d'autre part, beaucoup de chevaux pour le camionnage, quand le ravitaillement commencera. En réalité, une fois ces diverses nécessités satisfaites, le nombre des animaux disponibles pour la boucherie ne dépassera pas 22,000 environ.

En ce moment, nous consommons, avec l'armée, 650 chevaux par jour, soit 25 à 30 grammes par habitant, après le prélèvement des hôpitaux, des ambulances et des fourneaux. *Vingt-cinq* grammes de viande de cheval, *trois cents* grammes de pain, voilà la nourriture dont Paris se contente à l'heure qu'il est. Dans dix jours, quand nous n'aurons plus de pain, nous aurons consommé 6,500 chevaux de plus, et il ne nous en restera que 26,500. Nous pouvons, il est vrai, y joindre 3,000 vaches réservées pour le dernier moment, parce qu'elles fournissent du lait aux malades et aux nouveaux-nés. Mais, alors, comme il faudra remplacer le pain absent, la ration de viande devra être quadruplée, et nous serons obligés de tuer 3,000 chevaux par jour. Nous vivrions ainsi pendant une semaine environ.

Mais nous n'en viendrons pas à cette extrémité, précisément parce que le gouvernement de la Défense nationale s'est décidé à négocier.

On dira peut-être : « Pourquoi avoir tant tardé ? Pourquoi n'avoir pas révélé plus tôt ces vérités terribles ? »

A cette question, il y a à répondre que le devoir était de prolonger la résistance jusqu'aux dernières limites, et que la révélation de semblables détails eût été la fin de toute résistance.

Mais le ravitaillement marchera assez vite pour que nous ne restions pas un seul jour sans pain. Toutes les mesures que la prudence pouvait suggérer ont été prises, et, pourvu que chacun comprenne son devoir, pourvu que les agitations intérieures ne viennent pas troubler la reprise de l'activité industrielle et commerciale, de nouveaux approvisionnements nous arriveront juste au moment où nous aurons épuisé ceux qui nous restent.

Nous avons le ferme espoir, nous avons la certitude que la famine sera épargnée à deux millions d'hommes, de femmes, de vieillards et d'enfants. Le devoir sacré de pousser la résistance aussi loin que les forces humaines le comportent, nous a obligés de tenir tant que nous avons eu un reste de pain. Nous avons cédé, non pas à l'avant-dernière heure, mais à la dernière.

LES PILLARDS

On sait que les Allemands se sont surtout distingués par l'ardeur qu'ils déployaient pour le pillage. Un amour désordonné pour les pendules, les objets d'art, l'argenterie et autres objets précieux, se fit remarquer chez eux pendant toute la campagne. Ces faits ont été attestés partout et les preuves de ces spoliations, de ces vols organisés, ont été données.

Les maisons des villages situés autour de Paris, abandonnées au dernier instant par leurs possesseurs, n'avaient pu être déménagées. Les Prussiens suppléèrent à cette impossibilité. A cet effet, ils organisèrent un service spécial dirigé par des officiers. Des escouades de soldats enlevaient, des villas et même des habitations les plus modestes, les meubles, tableaux, livres et autres objets ; ils les emballaient bien proprement dans d'énormes caisses et les fourgons qui avaient amené l'artillerie et les munitions affectées au bombardement, les emportaient en Allemagne. Les gares de Versailles, de Saint-Cloud, de Choisy-le-Roy, de Chelles, de Montmorency, etc., servirent de dépôt à ces caisses ; ces bâtiments en furent longtemps encombrés.

Le général de brigade anglais Charles Brackenburg, connu surtout comme écrivain militaire et correspondant des grands journaux anglais, n'était que capitaine en 1870-71. En cette qualité, il suivit, du côté prussien et comme chargé de mission du gouvernement anglais, la guerre de France. Il démasqua, dans cette campagne, des traits de rapacité et de cruauté de la part de l'envahisseur et remplit d'horreur les lecteurs du *Times*, qui ne sont cependant pas, en général, suspects d'attendrissement. Il raconta, entre autres choses, dans cette feuille que, sous ses yeux, des officiers du corps d'armée du duc de Mecklembourg avaient escamoté, dans un château, après souper, des couverts d'argent. Des généraux allemands, outrés à la lecture de ces vérités affligeantes pour leurs grandes âmes, jurèrent qu'ils feraient fusiller Brackenburg s'il tombait entre leurs mains.

Toutes les localités visitées par les Allemands furent pillées. La ville d'Orléans fut soumise à un *pillage régulier* de deux heures, suivi d'un *pillage irrégulier*.

A Saint-Calais, le pillage eut un caractère tellement odieux que le général Chanzy envoya, par parlementaire, une protestation au commandant prussien à Vendôme. Elle se terminait ainsi :

« Nous lutterons à outrance, sans trêve ni merci, parce qu'il s'agit aujourd'hui de combattre, non plus des ennemis loyaux, mais des hordes de dévastateurs qui ne veulent que la ruine et la honte d'une nation qui prétend, elle, conserver son honneur, son indépendance et son rang.

« A la générosité avec laquelle nous traitons nos prisonniers et vos blessés, vous répondez par l'insolence, l'incendie, le pillage ; je proteste avec indignation au nom de l'humanité et du droit des gens que vous foulez aux pieds. »

A Mouzon, devant l'une des ambulances de la presse française, « les soldats ennemis enfonçaient les boutiques fermées et les dévalisaient ; les vitrines et les meubles furent brisés ; les marchandises et les effets particuliers furent volés ; ce qui ne pouvait servir aux pillards fut vendu aux juifs qui suivaient l'armée. Les officiers laissaient faire et, sauf de très rares exceptions, eux-mêmes exerçaient le vol sur une grande échelle, en pillant les objets précieux des maisons abandonnées ou de celles qu'ils habitaient.

« Ce n'est pas sans un certain étonnement que nous avons été témoin de ces faits, car nous étions de ceux qui croyaient à la probité allemande... Jamais campagne n'aura jeté tant de hontes sur l'Allemagne (1). »

Et cependant le roi de Prusse déclarait, dans une première proclamation, lors de son entrée en France, qu'il *ne venait pas pour faire la guerre aux Français, mais à Napoléon seul ; qu'il défendrait le pillage et ferait respecter la propriété privée.*

(1) *Histoire de la deuxième ambulance de la Presse française.*

COURS DE DIVERSES DENRÉES PENDANT LE SIÈGE DE PARIS

Du 1er au 15 janvier 1871

« Une laitue, aujourd'hui chose
Fort rare et bonne pour les fous,
Grosse comme un bouton de rose,
Se vendait de six à huit sous » (1).

Paris est si bien pris, cerné, muré, noué,
Gardé, que notre ventre est l'arche de Noé ;
Dans nos flancs, toute bête, honnête ou mal famée,
Pénètre, et chien et chat, le mammon, le pygmée,
Tout entre et la souris rencontre l'éléphant... (2)

Un 1/2 kilog. de filet de cheval (3)	5 fr.	»
— — d'âne ou de mulet.	6	»
Un petit lapin	35	»
Un gros lapin	60	»
Une sardine.	1	75
Une côtelette de chien	0	60
Une croquette d'osséine (os rapés et chapelure)	0	30
Un rat entier (marché Saint-Germain).	2	»
Un moineau	1	75
Un corbeau	5	»
Un chat entier.	20	»
Une poule (très rare) de 35 à	60	»
Un pigeon (id.)	20	»
Le décalitre de pommes de terre (id.)	25	»
Un gros poireau (id.).	0	90

(1) Th. de Banville, *la Fillette* (janvier 1871).
(2) V. Hugo, *Année terrible : Lettre à une femme.*
(3) Vulgairement *bœuf de cavalerie.* Paris a mangé pendant le siège 29,343 chevaux, qui ont coûté 23,130,343 francs (chiffre officiel du Trésor).

14

Un navet.	1 fr.	»
Une carotte	0	60
Un radis noir	1	75
Un chou de 6 à	20	»
Un gros oignon	1	»
Un petit pâté de lapin (?) pour le dîner d'une personne	5	»
Un œuf moyen	1	75
Une livre de beurre, de 40 à	90	»
Un petit pied de céleri	0	90
Une livre de goujons	8	»
Une livre de sucre	1	50
Le demi-kilog. de graisse de cheval.	4	»
Bois de chauffage, les 50 kilog	10	»
Un demi-kilog. de bougie	2	40
Un litre de mauvais lait.	2	»
Gruyère, le kilog.	44	»
Haricots nains blancs (Chevet) le litre.	8	»
Une oie de 125 à	160	»

RATIONNEMENTS

Les boucheries municipales délivrent régulièrement :
30 gr. de cheval par jour et par adulte à 2 fr. 10 le kil.
20 gr. id. par jour et par enfant,
Et très accidentellement :

Par personne : 100 gr. de riz pour	0	05
— 1 tablette de chocolat. . .	0	15
— 35 grammes de haricots . .	0	05
— 100 grammes de hareng salé	0	05
— 33 grammes de bœuf cuit .	0	05

A partir du 20 janvier, le pain rationné est additionné de phosphate de chaux, obtenu par le broyage des os réduits en poudre, pour suppléer à l'absence de farine.

Le bois de chauffage étant devenu introuvable, la

ville de Paris a fait couper les arbres de ses bois et de ses avenues, et les mairies délivrent des bons de bois vert (25 kilog. pour 2 fr.) (1). Depuis longtemps le charbon de terre a disparu au prix de 50 francs les 100 kilogr. Dans certains quartiers, on a brûlé jusqu'à l'asphalte des trottoirs dont on a fabriqué des briquettes.

Deuxième quinzaine de janvier.

La boîte de 400 grammes de filet de cheval tout préparé.	12	»
Une boîte de fausse tête de veau (gélatine), 500 grammes	4	»
2ᵏ 700 de trompe d'éléphant (2) achetée par le restaurant du *Père-Lathuille* (la portion se vendait 15 fr.).	150	»
Une cervelle de chien (très appréciée).	1	50
Gigot de chien (marché Saint-Germain), le demi-kilog.	4	»
Les autres morceaux, id.	2	75
Champignons, id.	4	»
Carottes, id.	5	»
Une tête d'ail	0	50
Le foie de cheval, le demi-kilog.	3	50

(1) Plus d'arbres ; on les coupe, on les scie, on les fend ;
    Paris, sur ses chenêts, met les Champs-Élysées.
    On a l'onglée aux doigts et le givre aux croisées.
                    (V. Hugo, *Année terrible.*)

(2) Presque tous les animaux rares des collections du Jardin des Plantes et du Jardin d'acclimatation ont été abattus. Les deux éléphants de ce dernier établissement, Castor et Pollux, furent vendus 27,000 francs à la Boucherie anglaise. Ces pauvres animaux n'avaient que six ans ; ils ont figuré à l'étal entre des quartiers d'antilopes, de kanguroos et de casoars et ont été vendus de 30 à 35 francs la livre. Le *Père-Lathuille* avait sans doute acheté de seconde main.

Le litre d'oignons. 8   »

Pommes de terre, le demi-kilog. 2   50

La barbe de capucin,   id. 6   »

Betterave   id. 0   75

Huile d'olive, le kilog. 10   »

Rebuts d'oseille, de feuilles de poireau, de

choux avariés, le demi-kilog 1   »

Il est établi 32, rue des Halles, une boucherie *canine* et *féline*, dans laquelle on se procure des viandes à des prix plus raisonnables, variant entre 1 fr. 50 et 2 fr. 50 le demi-kilog.

      30 *Janvier (Cours des Halles).*

Un beau poulet vaut 25 à 28 fr. ; il y a quarante-huit heures, il fallait parler de 55 à 65 fr.

Un lapin assez fort, 20 fr. et 25 fr. au lieu de 40 et 50 fr.

Un couple de petits poulets, 30 fr. Une belle poule, 20 fr.

La livre de graisse ordinaire, 1 fr. 90 au lieu de 2 fr. 60.

Un pigeon, 5 fr.

Les pois secs, 2 fr. au lieu de 4 fr.

Les pommes de terre, 2 fr. la livre ou 2 fr. 25 le litre (ces deux prix ne sont pas en rapport).

Les jeunes carottes, 2 fr. 25 au lieu de 3 fr.

Six petits poireaux, 5 sous.

La pomme d'api, 3 sous.

Un pied de céleri se cote 1 fr. 60 ; même prix pour le demi-kilog. de salsifis.

Les œufs valent de 1 fr. 50 à 1 fr. 75 la pièce.

Le petit cotret de bois est tout à coup retombé de 0 fr. 20 à 0 fr. 10.

UNE SORTIE DE PARISIEN

PENDANT L'ARMISTICE

—

2 *Février* 1871 (1).

- - --

Pour sortir de Paris, il faut être muni d'un
laissez-passer, signé du préfet de police et du
général chef d'état-major français. Son libellé
doit être traduit en allemand sur l'un des côtés
de la feuille.

Muni de ce précieux papier, que je crois bien
en règle, je pars de bon matin, afin de revoir
ma vieille mère, que je n'ai pu faire rentrer
dans Paris, il y a cinq mois. Il s'agit de faire
un peu plus de vingt kilomètres à pied, car si les
voitures ne sont pas rares, nous avons mangé
les chevaux. Mais je suis bon piéton.

Arrivé à la grande barricade de Montrouge,
sur la route d'Orléans, je suis repoussé par les
Bavarois, soldats aux grandes capotes brunes,
coiffés de casques à chenilles noires. « *Affaire*

---

(1) Le Parisien qui fait le récit qui va suivre est l'auteur de
ce livre.

de famille pas passer, » baragouine le factionnaire. J'éprouve le même refus à la porte de Châtillon, où l'officier de service, jeune lieutenant plein de morgue, me renvoie dédaigneusement la carte portant l'indication de mon grade, que je lui avais fait passer. Quelle politesse et quelle générosité! Comme vous auriez agi autrement, chers Français qui ne serez pas toujours vaincus !

Mais je suis tenace, Dieu merci! Je retourne donc à la préfecture de police, où, de par l'obligeance d'un employé, je me transforme en négociant chargé du ravitaillement de Paris. Mais, de nouveau et malgré l'article 8 de la convention, je me vois refuser le passage. L'idée me vient d'essayer de franchir les lignes plus à gauche et je réussis. A la route d'Italie, où sont les Prussiens au casque pointu, le visa m'est enfin accordé. Je passe seul ; me voici arpentant la route qui va me conduire d'abord à Villejuif. Pour moi, c'est un écart de plusieurs kilomètres, mais la perspective de revoir le pays que j'habite l'été et surtout ma mère, me rend presque joyeux. Je dis *presque*, on entend bien pourquoi : le cœur se serre et la gorge se contracte devant le spectacle qu'offre son pays envahi.

Voici Villejuif plein de troupes ennemies ;

on n'y voit que de la cavalerie et de l'artillerie. Je quitte ce pays morne et dévasté ;
j'oblique à droite pour aller retrouver Arcueil.
De tous les côtés, des tranchées et des abris de
surface considérable, creusés dans les terres,
frappent mes yeux. Je laisse la redoute de
l'Hay à gauche, après avoir observé des traces
de combats récents, et reconnu le cimetière
des soldats prussiens bordant la route que je
suis. Enfin, forcé de revenir sur mes pas,
après cinq heures de marche y compris mes
courses préparatoires, j'arrive sur la route
d'Orléans, à trois cents mètres d'une barricade que je devais tout d'abord franchir.

Je passe devant les maisons Millaut et Surivet
qui ont été le théâtre de sanglants combats :
elles ne sont plus que des ruines. Dans la
plaine, à deux cents mètres de la route, est
enterré le commandant de Dampierre, tué à
cette place, à la tête de son bataillon de mobiles.
Ses soldats ont orné sa tombe : elle est
entourée de branches de cyprès ; je la salue
pieusement.

J'arrive bientôt à Bourg-la-Reine, après
avoir été arrêté plusieurs fois par des officiers et
par les factionnaires placés très près les uns des
autres. Là, il faut entrer à l'état-major allemand
pour obtenir un nouveau visa. Les deux jeunes

officiers chargés de ce service parlent très bien le français et sont d'une politesse à laquelle je dois rendre justice. Ils tiennent, je ne sais pourquoi, à échanger quelques paroles avec moi.

« *Tout ce que je puis vous dire, messieurs, c'est que votre bombardement n'a point intimidé Paris. Vous ne nous avez guère tué d'hommes ; vos obus ont surtout éventré des enfants et coupé en deux des femmes. Vous avez constamment tiré sur nos hôpitaux, notamment sur le Val-de-Grâce, sur la Salpêtrière, dont les dômes se voient de loin ; vous avez envoyé jusqu'à trente-cinq obus dans une nuit sur l'Asile Sainte-Anne qui était sous vos canons.* » — Voilà mes paroles, auxquelles l'un des officiers répondit que : « *c'étaient là les horreurs de la guerre qu'il déplorait autant que nous.* » O les bons Bavarois !

Bourg-la-Reine n'a plus un seul habitant ; en revanche, il est gratifié d'une forte garnison allemande. Toutes les maisons sont occupées par l'ennemi, qui fait du commerce en boutique. A chaque croisée, une tête de soldat apparaît, la pipe de porcelaine à la bouche. Sur la place, quelques marchands des environs vendent des légumes, de l'eau-de-vie et du vinaigre que les grossiers Teutons boivent devant moi, avec délices. « *Vinaigre ou Cognac ?* demande le débitant improvisé. — *Vinaigre* », répondent les amateurs.

Je vois un commandant de chasseurs bavarois passer la revue de son bataillon. Quelle discipline, quelle régularité dans leurs mouvements! Mais, grand Dieu, quels automates ! Ce sont des bœufs sous le joug.

Beaucoup de maisons de cette pauvre petite ville sont effondrées ou trouées par nos projectiles partis des forts. Je vois, au coin de quelques rues, des amas de meubles et d'outils agricoles tout souillés de boue. Est-ce pour brûler? Non, non, l'Allemagne, toujours pratique, va les vendre aux juifs qui suivent cette armée du pillage et de la dévastation (1).

Après vingt arrêts successifs, je vois apparaître Antony; comme à Bourg-la-Reine, absence d'habitants légaux et beaucoup de soldats. Mêmes visions aux fenêtres ; c'est trop uniforme et très fatigant. Il y a ici un marché important. Les paysans des environs y viennent, hélas, vendre des denrées aux ennemis.

Antony est entièrement saccagé ; le pillage de cette jolie localité a été complet. Les puits du village sont tous empoisonnés ; ils ont servi de dépôts d'immondices. L'ennemi a emporté jusqu'aux tuyaux en plomb servant à la

(1) Voyez ci-dessus à l'Appendice : *les Pillards*.

distribution de l'eau et n'a point oublié les robinets de cuivre des cuisines. Les maisons ont été souillées ; les pièces les plus convenables de l'habitation bourgeoise ont été transformées, par l'amant sentimental de Gretchen, en fosses d'aisances, le siège étant disposé à l'étage supérieur, dont le plancher est transpercé pour les besoins de la cause.

Au delà d'Antony, un soldat allemand vient droit à moi en sifflant la *Marseillaise*. Qui n'aurait senti son sang bouillonner en entendant ainsi profaner notre chant national? Je lui intimai l'ordre de se taire et il se tut!.......

Voici Massy. Ce village est occupé par les hulans, enveloppés dans de grands manteaux de couleur sombre, la tête couverte du schapska polonais. Leurs chevaux sont des bêtes fines, admirables, de véritables chevaux d'éclaireurs. Toutes les maisons ont été abandonnées, la garnison est peu considérable ; il règne dans ce petit pays un silence de mort. Détail presque comique au milieu de ces tristes spectacles : à l'angle de deux routes, un factionnaire monte la garde dans une armoire à glace qui lui sert de guérite.

Je ne rencontre absolument personne sur la route de Massy à Palaiseau. Le quartier général bavarois est installé dans cette petite ville.

Il y est resté beaucoup d'habitants, de commer-
çants. Les officiers que je rencontre me regardent
d'un air curieux ; aucun d'eux ne me demande
mes papiers. Il y a là une multitude de soldats, et
quantité de vivres. J'y achète des œufs à quinze
centimes l'un, j'y vois du beurre, du lard ;
c'est à croire que je rêve. On ne sait pas là
(à cinq lieues de Paris)! combien nous avons
souffert ; on ne se doute pas que nous avons
été réduits à la famine ! La femme du boucher
pleure en m'écoutant raconter que notre régal
était de manger du mulet, que le cheval est
très bon et qu'il nous a fallu avaler du chien,
du chat, du rat d'égout.

Le but de mon voyage est un petit hameau
qui porte le nom de Fourcherolles, et est situé
sur la rive droite de l'Yvette, non loin d'Orsay.
M'y voici arrivé, non sans peine, et en me dé-
robant le plus possible aux regards, car les
routes sont interdites à partir de six heures du
soir. Je trouve là ma vieille mère en bonne
santé ; ma maison est à demi-pillée, car elle
a été visitée à plusieurs reprises par les Saxons
et les Bavarois qui tour à tour se traitèrent
de voleurs en voyant les appartements en
désordre et les meubles vides; la construction
est intacte, le jardin est encore en bon état;
je m'attendais à beaucoup plus de mal. Je bois

du lait, je mange une omelette au lard ; ô jouis-
sances depuis longtemps inconnues !

Les Prussiens ont imposé à la localité que
j'habite, une contribution de guerre de dix
mille francs ; pour une commune de six cent
cinquante habitants, dont les trois quarts ne sont
pas très aisés, c'est plus qu'énorme. Il a fallu
payer très vite, car l'ennemi menaçait de deux
heures de pillage. Cette menace n'était pas que
pour effrayer : les voitures destinées à emporter
nos meubles et nos effets stationnaient d'avance
devant la porte du notaire Neveu, à Palaiseau,
auquel on s'était adressé et qui fut forcé de
donner l'argent.

Le lendemain, départ. Il pleut. Je franchis
Palaiseau et Massy sans obstacle. Entre cette
dernière localité et Antony, un gendarme arrive brutalement, à bride abattue, jusque sur
moi et réclame mon « certificate. » A Bourg-la-
Reine, examen nouveau du visa. En face Arcueil, un officier prussien me prie très poli-
ment de lui montrer mon laissez-passer, sous
le prétexte qu'il n'en a point encore vu.
« *Nous non plus, monsieur,* lui répondis-je, *et
nous en avons pleuré. — Je comprends* », me
dit-il en me saluant.

Le poste de la barricade d'Orléansse montre
moins hostile que la veille. L'officier qui le

commande fait viser mon laissez-passer par un subalterne, et me voici de retour, sur le pavé encore quelque peu libre de la capitale. J'ai fait environ quatorze lieues à pied avec un chargement de légumes; j'ai des pommes de terre et des oignons jusque dans mes poches.

C'est aujourd'hui le 3 février 1871.

FIN

TABLE DES MATIÈRES

	Pages
Au Lecteur	3
I. Avant-Propos	5
II. Tableau des événements qui ont précédé l'investissement de paris. Du 19 juillet au 19 septembre 1870.	14
III. Événements qui se sont produits après l'investissement. Du 19 septembre au 31 octobre 1870	19
IV. Du 31 octobre 1870 au 1er janvier 1871 . . .	32
V. Journal d'un assiégé : Du 1er au 5 janvier 1871	61
VI. Le bombardement de la ville	66
VII. L'armistice.	183
Appendice. *Pièces justificatives et diverses.* Notes de M. le docteur Legrand du Saulle, chargé de l'un des services des varioleux, à Bicêtre	201
La rupture avec la Prusse	202
Les préparatifs de la guerre	203
Le massacre des défenseurs du pays. . .	205
Les guet-apens	206
Le tir sur les blessés, massacres dans les ambulances	208
Richard Wallace.	209

Buzenval : le combat raconté par un témoin. — Un héros. — Une héroïne. —
Garde nationale de la Seine, Ordre du
jour. — Une malheureuse dépêche. —
Les pertes 211

Une réponse de M. de Moltke à la société
de la Paix 223

Justification du bombardement par M. de
Bismarck 224

La poste aérostatique pendant le siège de
Paris. 231

L'incendie de Saint-Cloud. 232

Saint-Denis 232

Communication du gouvernement 233

Les pillards 237

Cours des denrées pendant le siège. 241

Une sortie de parisien pendant l'armistice
(2 février 1871) 243

TOURS, IMP. E. ARRAULT ET Cⁱᵉ.